U0550723

THE
KOREAN SENSATION

記憶書店

기억서점

기억서점

宋侑庭——著　尹嘉玄——譯

S O N G Y U - J E O N G

目錄

日不落的夜晚

那天，醫生問道：

「請問是因為什麼症狀而來？」

我用適當的真相與熟練的謊言敷衍帶過。

「我呼吸困難，會感到莫名的不安，可是不知道原因。」

回首當時，我其實並不曉得自己怎麼會跑去那間醫院，又不是離家近，也不是位於繁華區市中心，更不是充滿患者好評留言的那種知名醫院。倘若真要回溯記憶，硬找出一個看似合理的理由，那麼，可能因為那天是週末吧，而且我需要當場可以幫助我的「人」，不對，我需要的是當場可以開立有助於我的「藥物」處方箋的人。

搜尋引擎帶我抵達的地方是開車距離十五公里遠的某棟位於市場裡的老舊建築。一開始，導航照慣例把我導向建築物的正門，而不是停車場入口，所以我不停想著「忍」字，徘徊尋找停車場入口。然而，不是我找不到停車場，是根本就不存在。我在同一個地點繞了三圈才終於找到公營的路面停車場，把車子停好。

近距離看到的建築物，比我坐車經過時匆匆一瞥看到的模樣還要可怕。覆蓋在牆面上的米色亮面磁磚東一塊西一塊地脫落，每一面招牌都蒙上了厚厚的灰塵。以入口為基準，左側有一間雜貨鋪，堆放著雜七雜八的物品在販售，彷彿有人帶頭這麼做似的，還掛著「老闆瘋了跳樓大拍賣」的字樣；右邊則是一間文具店，應該是二十年前我就讀國小時才看得到的那種老舊文具店，這間店也彷彿有人帶頭這麼做似的，門口擺放著紅色豬豬存錢筒販售，豬身上還寫有大大的「福」字。

當我走進那棟沒有任何大門、張著黑色大口的建築物時，一股地下室才會有的濕冷霉味撲鼻而來。我輪流看向通往上方與下方的樓梯和緊閉的電梯門，最後按下了透明塑料製成的按鈕。標示方向的銀色三角形圖示周遭出現了橘黃色的燈光，這同樣也是小時候才會看到的九〇年代風格按鈕。

我等了許久，電梯門才發出哐啷聲，往一側打開。它不像一般常見的電梯那樣，兩扇門往兩側展開，而是像貨梯一樣往一側開啟，使我感到有些意外。而更讓我驚訝的是，原來這部電梯不只有一扇門，在本該是鏡子或牆壁的地方，竟然還有另一扇用相同方式開啟的門。我想起自己是有幽閉恐懼症的人，於是下意識地把視線移向了身後的樓梯。我總覺得這部隨時停止運作也不意外的老舊電梯，一直在把我向外推的感覺，最終，我想起了當時狀態還不穩定的自己，鬆開了原本抓著電梯的手。電梯像是早就等著我鬆手的這一刻，哐啷一聲，關上了原本敞開的門，將內部隱藏起來。

我轉過身，仰望層層延伸上去的樓梯，一陣風吹過沒有任何樓層告示牌的空蕩蕩樓梯。我用微涼的手掌搓揉著起滿雞皮疙瘩的後頸，告訴自己，再怎麼說這也是位於市中心的建築物，還能有什麼事……

「歡迎光臨，請問您有預約嗎？」

「沒有。今天第一次來。」

「我們這邊需要預約才能看診……」

醫院位於三樓，為什麼醫院通常都開在三樓呢？難道是有法律規定？正當我一邊想著諸如此類毫無意義的事情，一邊沿著樓梯走上去時，樓梯的盡頭出現了一扇不透明的玻璃門，也不曉得那扇門原本設計就是如此，還是靠人為方式造就出的歲月痕跡，即便湊上前看，也完全看不見內部，玻璃門上則張貼著綠色標準字體的「齊心醫院」字樣。

「您方便先幫我填寫掛號資料嗎？」

還是乾脆回家算了？

如果說內心沒有絲毫猶豫，那絕對是騙人的。但我之所以費盡力氣跑來這裡，自然是有它的理由。我用左肩推開門，走了進去，連用手碰到門都不想。門下安裝的厚厚擋風條，在推門時發出了刺耳的摩擦聲響，而頭頂上卻傳來與之相反的清脆悅耳風鈴聲，「叮鈴」！

歷經完一波三折過後，好不容易踏進醫院的我，頓時說不出任何話。因為那間醫院簡直就像時光倒流般，甚至讓我產生錯覺，懷疑自己難不成坐上了時光機，穿越時空回到過去。一切彷彿戛然而止，就連飄蕩在空氣中的灰塵都瞬間停止一樣，而將我重新拉回現實的人是一名坐在出入口對面掛號櫃檯裡的中年護士。我低頭偷偷確認藏在袖口裡的雙手，內心不禁閃過一個念頭：雖然不可能有這種事，但我會不會捲入某種無法用科學解釋的現象，變回九〇年代的小朋友？但我的雙手依舊完好如常，當我走過那個根本稱不上是「候診區」的狹小空間，站到掛號櫃檯前時，櫃檯上放著的一本桌曆清楚明確地告訴我目前的確是二〇二三年。

「前面還有幾位等待看診的患者，可能要稍等一下，那邊有位子，請稍坐。」

身穿鵝黃色針織外套的護士連正眼都沒瞧我一眼地說著。她那適度冷漠、適度無聊的說話聲，與這個空間反而顯得頗為契合。我的肢體動作帶著幾分尷尬，默默坐到了沙發上，然後環顧了一下四周。一名拄著拐杖的老爺爺，和一對不知為何背對而坐的母女，分別坐在沙發的末端與中間，保持著適當的距離。換言之，聚集在候診區裡的一切，都存在著各自的「恰如其分」，甚至就連沒有播放優美鋼琴旋律的新世紀音樂，讓空間保持靜謐亦是。

我第一次去看精神科是在十一年前。當時我年僅二十三歲，正如韓國許多二十多歲的年輕人一樣，不，還是收回這句話好了，經歷了許多那個年紀不容易經歷，或者說是不可能經歷，最好一輩子都不要經歷到的那種事情。

如果要一一贅述，可能會聽起來太冗長，但這裡所指的「那種事情」，其實是足以左右父母生死的那種重病與手術，還有本來不愁吃穿的家境突然面臨驟變，以及家境一落千丈後父親的缺席等等……簡言之，就是家庭狀況像雲霄飛車一樣垂直墜落時，我的心理第一次生病了。

從小，我就是個不只積極正面，甚至可以說是樂天的性格。即使沒有特別做什麼，都會是人群中最容易引人注目的孩子，因為爽朗不彆扭的個性，身邊總是圍繞著朋友，功課又好，憑藉聰明的頭腦輕鬆學習一切，過著習慣接受稱讚的人生。我的人生彷彿行駛在鋪得平整又完美的柏油路上，安穩且順暢，至少到我十八歲前為止都是如此。

就如同本來一切都完好的車子，在那時突然出現故障，毫無預警地開始搖擺晃動。十八歲那年夏天，因家族病史而患有肝硬化的爸爸病情突然惡化，與深夜熱浪一同找上門的是吐血，將位於客廳的廁所地板幾乎全部染紅；現在回想起來，依舊是電影裡才會出現的那種場景。廁所的空間其實不算小，卻能將那裡的地板吐得滿地都是血，還有倒臥在地板上的爸爸，以及面無表情的我。我冷靜地撥打一一九，向救難隊員仔細說明眼前發生的情景，然後提供了住家地址。在主臥室裡睡覺的媽媽和弟弟聽見我打電話求救的聲音，才連忙出來站在廁所門檻上放聲痛哭，但我反而在那當下並沒有感到害怕，就只是有一種莫名的信任，覺得一切都會沒事；也或者說，雖然我知道吐血不尋常，但對於當時的我來說，可能覺得「死亡」或者「不幸」這類的單字都還距離自己很遙遠，所以未能直視現實。

「金智媛小姐，請進入診間。」

如今才明白，原來那時的我，完全不曉得「排解」的方法，為了不辜負父母的期待，我總是把陰暗負面的情緒累積堆放在內心的某個角落，卻從來不知道可以如何表現、消化這些情緒。

所以最終才會被推向了這裡。

「金智媛小姐，請問是因為什麼症狀而來？」

我拖著沉重的步伐，往診間方向走去。當我將那顆冰冷的圓形鐵製門把往右旋轉，老舊門把便迫不及待似地發出了「唧——」的摩擦聲響，看來不是只有表面生鏽。我小心翼翼地走進那間燈光昏黃的診間，醫生一看見我那張像壞掉的機器人一樣僵硬的臉，馬上拋出職業化的提問，與此同時，還用銳利的眼神在翻閱塑膠製的病歷資料夾。

「那個……」

「是，請說。」

「我呼吸困難，會感到莫名的不安，可是不知道原因。」

「晚上睡得好嗎？」

「不好，完全睡不好……最近一直失眠，就算睡著也只是一下下，還會被鬼壓床……」

「最近有發生什麼特殊的事情嗎？或者促使妳壓力大的事情。」

一名看起來至少有五十歲以上的男子，坐在一張柔軟的皮椅上向我問道。他要是沒有身穿繡有藍色「專科醫生徐泰亨」字樣的白袍，我會以為他是街坊鄰居中常見的大叔，連看都不看我一眼，只把視線停留在病歷紙上。我的內心變得越來越不安，不由得緊握手裡的手機。我不知道該從何說起，也不知道該說些什麼。那些曾經讓我一度以為自己已經沒事的潛意識裡的疾病，為什麼又重新甦醒啃食我的人生？其實原因就像刻在我手臂一側的刺青一樣清晰，我卻無法輕易開口。

「……」

「……」

眼看誰都不開口，診間裡的寂靜愈發濃厚。我想起了一個只要提及就會哽咽、眼淚奪眶而出的單字，拚命忍住淚水，努力嘗試把它說出來。醫生就坐在我對面，用難以辨識的潦草字跡寫著病歷紀錄，他似乎是早已見慣我這種患者，毫不掩飾臉上那厭倦至極的表情。我嚥下口水，張動著乾燥的嘴唇，一點一點拼湊出句子。從我口中脫口而出的那些話語，在顫抖的聲音下搖晃、傾斜，就如同他那潦草的字跡一樣，雜亂無章地掉落在地。

「不久前……我媽過世了。」

「她過世多久了呢？」

「七年……左右。」

「七年？」

「嗯。」

醫生終於抬起頭，注視著我的臉。那是一種令人猜不透的眼神。我實在難以承受他那樣的眼神，只好閉上眼睛。他深深地嘆了一口氣，分不清那是肯定還是否定的嘆息，然後又開始在紙上動筆書寫，發出寫字的沙沙聲響。

「哀悼期滿長的。」

「哀悼期……長嗎？」

「是的，就是照字面上的意思。有人過世時，我們會為此感到悲傷。但問題在於，您的哀悼期過長，其實早該結束。」

「……」

「您再怎麼緊抓這件事情不放，也不會好轉，反而什麼也不會改善。」

哀悼期過長。

我緊閉雙唇，反覆咀嚼他說的話。哀悼期過長……哀悼期過長……面對這不論多麼努力也難以理解的句子，我的眼皮變得緩慢張動。正因為想要珍惜媽媽過世的那份悲傷，才會拖這麼長時間——經過長時間思索才解釋出來的這句話，像是掐住了我的喉嚨，使我感到呼吸困難，讓我連一句反駁的話都說不出口。

「我先開一星期的藥給您，睡前服用的藥裡面含有安眠成分，所以如果有開車駕駛要記得多加注意。一週後我們再觀察看看，如果身體和藥物不適合，我們再重新做調整。」

醫生說道。我連回話的力氣都沒有，把那張坐起來極度不舒服的椅子向後推，然後站起身。彷彿回到過去如夢似幻般的空間，其實也不過只是惡劣、惡毒的現實。

每一份領悟都像這樣，十分緩慢地，伴隨著後悔一同到來。

已經好幾天寫不出任何文章了。每當為了睡覺而躺上床時，床就會像是在把我的身體往外推開一樣，寂靜的漆黑還會壓在我身上，令人心生害怕，難以呼吸，無法入眠。失眠的夜晚越來越深，到了白天，則是精神恍惚到宛如靈魂出竅般，渾渾噩噩度日。不分白晝或黑夜，日出或月落，都還是等不到任何睡意。隨著這樣的日子持續，我的頭就越痛，痛到像是要裂開一般；眼球也酸痛腫脹得彷彿隨時都會掉落出來。鏡子裡的我，帶著布滿血絲的紅眼，死命硬撐著時間。

難道是因為我太壓抑情緒了嗎？我選擇用自己唯一的才能來當作懺悔的手段，於是打開電腦，面對一片空白的文件檔案。身為一名職業作家，我寫下的每一個字，都關乎到我的生計問題，但這只是第二要緊的事，最重要的是我知道自己必須把早已淤積在內心變成硬石的那些東西，用黑色的文字一一吐出體外才行。

思考吧，思考。

我看著與我的意志無關、彷彿在催促著我而閃爍不停的滑鼠標示，努力絞盡腦汁，拼湊句子。那些毫無意義排列組合的單字，從充滿著猶豫不決的指尖生出，再不留痕跡地消失。原本是為了輸出、解決、治療而開始的事情，最後反而讓我感覺到自己的無力與無能。我只有不斷折磨著無辜的鍵盤，吐出沉悶的嘆息。

第一個單字、第一行文字、第一段文章、第一頁……寫作時，問題總在於此，「開始就是成功的一半」、「第一顆鈕釦要扣對」之類的老掉牙說法，其實都是事實。萬事起頭難，只要能熬過前面這段，後面的部分也許就會變得順遂容易許多，但我已經一個多月連一個字都寫不出來。

妳有把自己逼太緊的傾向。

腦海中突然浮現的一句話，讓我全身像被繩索綑綁般，頓時僵住。我不知道是誰的聲音，也不記得是誰、何時說過這句話，只是可能了解我的每個人都曾說過的這句話，短暫地烙印在我腦海裡。

不要老是窩在家裡寫稿，多出去走走。走路是轉換心情的最佳方法。

接著浮現的這句話，直接將我推出了工作室。我走到客廳，從寬敞的窗外望出去的世界是一片灰色死寂。敵不過凜冽寒風的落葉全部墜落在地，只剩下枯瘦的樹枝在空中揮舞著乾枯的手指。這是個格外寒冷的冬天。

我不喜歡冬天，濕冷的清晨空氣、漫長的黑夜、遙遠遲來的清晨……比起喜歡冬天的理由，討厭的理由較多。我的心情好比看不見盡頭無限下探的零下氣溫，寒冷的氣息也使人一步都不想邁出家門。我像隻冬眠的熊，秋天一結束，就藏身至漆黑的洞穴。

不過，今天還是動了「要不要出去走走？」的念頭，因為前不久在網路上看到一則故事，說愛斯基摩人生氣時會漫無目的地走路，直到消氣為止，不停地走，走了又走，直到怒氣全消才會停下腳步，然後沿著走過的路再重新走回去；因此，他們說回頭路是一條領悟與原諒之路，而我正是被這樣的故事所打動。於是，我披上為數不多的冬衣，走出了玄關大門。這天，身後傳來的鐵門關閉聲響，顯得格外沉重。

我其實才剛搬來這裡沒多久，由於搬完家就馬上迎來冬天，所以附近究竟有什麼我也不是很清楚，就只是隨意散步，把雙手插進厚厚的羽絨外套口袋裡，嘴巴吐著蒸氣白煙，漫無目的地行走。

彷彿隨時都能割傷肌膚的無情冷風，讓人不由得縮起身子。就這樣走著走著，想起那天在醫院領到的藥，被我扔進了垃圾桶裡。儘管每個失眠的夜晚，腦海裡總會浮現「安眠藥」這個詞，但我依然不後悔走出醫院便馬上隨手扔掉了藥袋這件事。

「您的哀悼期滿長。就是照字面上的意思。有人過世時，我們會為此感到悲傷。但問題在於，您的哀掉期過長，其實早該結束。」

在診間裡聽到的這番話，就像一團黏糊糊的泥漿，緊緊附著在我的腦海。批價完、預約好下次的回診時間以後，我坐在候診區，等待藥劑師配完我的藥。那段時間顯得格外漫長，像是有人刻意改變了時間的概念，顯示在手機螢幕上的號碼也始終沒有轉換至下一階段，人去樓空的診間一片寂靜，而我的耐心也已經到了隨時準備斷裂的境界。然而，就在那時，原本看似絕不會被打開的醫院大門突然被推開，一名男子闖進了候診區。

他喘著粗氣，經過掛號櫃檯，直衝診間。然而，裡面沒有醫生，因為醫生在看完我這名最後患者以後，便於尚未結束的看診時間內提早下班離開。

「喂，這裡都沒有人嗎？哈囉！」

臉色蒼白的男子朝掛號櫃檯大聲喊道。他就像被什麼東西追趕似的，不斷地用手拂過乾瘦的臉龐，身體也動來動去，靜不下來。他一遍又一遍地察看手錶，確認時間，焦躁不安的模樣連我看著看著也開始感到焦慮。我看著宛如定時炸彈的男子，緊握自己的手機。男子像是再也無法忍受片刻，再次朝藥劑部高喊：

「喂！有人嗎？出來一下啊！有人要死了！」

有人要死了。

當然，那是他一時衝動脫口而出的句子，但就是那短短一句話，讓我心跳加速。我耳邊響起了「嗡——」的耳鳴聲，原本平坦的地板也瞬間像海浪一樣翻湧。我閉上眼睛，撇過頭去。這是一種為了應對恐慌發作而執行的防禦機制。

「有人嗎……拜託……」

掛在牆上的壁鐘分針又往前移動了一格，男子眼看時間又過了一分鐘，便緊咬顫抖的嘴唇，停止吼叫。儘管我和他身處在同一個地方，但是我們兩個就像是存在於截然不同的空間般，徹底分離。他閉上嘴巴後的候診區，只有充斥著一片淒涼的靜默。

「金智媛小姐，請至櫃檯領藥。」

不知時間過了多久，男子已經因情緒崩潰而癱坐在掛號櫃檯前，正巧，從藥劑室裡走出來的護士喊了我的名字。我充滿警戒地繞過那名失魂落魄的男子，領完藥以後就慌忙走出了醫院。

我一路走下樓，手裡拿的那包藥袋也一直沙沙作響。明明看診時間也才不到五分鐘，無關緊要的事情卻佔據太多時間。我走出醫院，這是我第一次覺得好浪費時間。

我輪流想起空洞無神的醫生眼睛，以及充滿情緒、波動不已的男子雙眼，然後彷彿是在按照既定的流程一樣，最後還是把手中的藥袋扔進了路邊的垃圾桶。

從那之後又過了三週的時間，我為自己無情扔掉醫生開的安眠藥付出了代價，飽受嚴重失眠所苦，但我總覺得那是我絕對不能服用的毒藥，因為說不定能讓這個病好起來的，不是用各種化學物質製成的白色藥丸，而是其他東西。

「喔……？啊啊……！怎麼突然下雨了！」

當我感覺到有什麼東西滴落在我的肩膀上再掉落地面時，過沒多久便嘩啦啦下起了傾盆大雨。看來窗外那片灰濛濛的天空，似乎是蓄積著水氣，而非冬日的蕭瑟淒涼。這場突如其來的急雨，並非我在室內觀看時那樣。我用手毫無用處地遮擋頭部，然後躲到眼前所見的屋簷下躲雨。寒冬中淋的雨讓我感受到濃濃寒意，冷得我牙齒直打顫。

真是……沒有一件事情是順心的。

我就像一隻落湯雞，狼狽地躲著雨，卻突然冒出了這樣的想法：反正早在十年甚至更早以前就已經開始不幸，我本以為自己撐得不錯，但這世界卻像是打定主意似的，一次次把我逼到懸崖邊。做的每一件事情都翻車、跌倒、破碎、崩塌，現在就連晴天都能突然下雷雨。明明是身體淋雨，不知為何，內心一隅卻像是破了一個洞似的，颳起了一陣複雜的風。

「有人要死了！」

那時的男子，也和我此時此刻的心情一樣嗎？他那使出緊抓最後一根救命稻草般的吶喊聲，不停在我耳邊迴盪。究竟男子當時為何如此迫切？一間都快倒塌的破醫院，能救得了什麼人。更何況那位醫生，他所展現給我的態度又是那個樣子。

我回到家以後，偶爾會想起那個男人的模樣，在紙上毫無意義地來回劃線。也許，從那癱坐在掛號櫃檯前的男子眼神中，感受到的不是憐憫，而是某種共鳴也不一定。有時也會從鏡子裡看見的那種，和我一樣的眼睛。

我甩了甩身上和頭上的雨水，把那些宛如雜念的東西全部甩掉。雨滴則是變得越來越大。

啪嗒啪嗒，子彈般的雨滴聲傳入耳中。我抬起頭，這下才發現原來自己幸運躲進的遮雨棚是一塊鏽跡斑斑的鐵皮，而不是塑料遮雨棚；仔細一看，腳下踩著的木地板也早已被歲月磨損得到處都是凹痕。我從一直站著發呆的地方稍微挪開腳步，環顧四周，發現這棟建築本身就非常老舊，而且還是現在很少見的一層樓平房；裝著不透明磨砂玻璃的窗框，也是用老舊的木頭製成；而那扇看起來會嘎吱作響、很難移動的推拉門上，則貼著「開」的字樣。

這到底是……做什麼的地方？

我躲在看不見招牌的屋簷下，能取得的資訊實在有限，窗戶上甚至連常見的營業時間貼紙都沒有。我別無選擇，只好投身傾盆大雨之中。猛烈的雨勢使我難以看清楚前方，但從建築外牆上來看，是掛著一面「言　書店」的招牌。

「言書店？好特別的名字。」

我再次躲回屋簷下，抖了抖衣服和頭髮上的雨水。然而，就在這時，溫熱的一陣風輕輕拂過我的後頸，然後再拂過那扇原本關著的書店大門。我像是被什麼吸引似的，不由得回頭察看。只見那扇老舊的拉門微開，剛好是只能塞進一根手指的縫隙，朝我的方向敞開。我眨了眨眼。看來距離雨停還早，況且，我也沒有勇氣再頂著寒冷大雨，沿著漫無目的走來的這條路重新走回家。

「書店……會不會找到什麼有用的東西？」

我希望，在這間書店可以找到足以突破我寫作瓶頸的希望，有時候，閱讀別人寫的好文章，的確會得到意想不到的靈感。我心想，反正我的時間很充足，逛逛書店也不賴。

我把手伸進那一巴掌寬的門縫中，緩緩將拉門拉開。深褐色的門板有著好幾處的油漆剝落痕跡，結果卻出乎意料地沒有發出任何嘎吱聲響，非常滑順地被拉開。當我走進書店，將門拉上，雨聲也神奇地瞬間被徹底阻隔。

我小心翼翼地移動腳步，往這間感覺空無一人的書店內部走去。

「……」

真是奇怪。

明明外面是在下雨的，而且是像炎炎夏日的午後雷陣雨那樣雨勢滂沱。原本只是零星落下的幾滴雨，很快就匯集成線，最後則是集結成團，打落在呆站在路上的我的身上，並將灰色的柏油路面染成了黑色。如此猛烈的雨勢，聲音尖銳大聲到讓人感到刺耳的程度；然而，現在光是關上這扇看起來脆弱的拉門，就能讓那震耳欲聾的白噪音消失得無影無蹤。該怎麼說呢？彷彿世界瞬間被按下了靜音鍵一樣。

難道是這幾天被那感覺永無止境的失眠問題伴隨而來的耳鳴症狀，讓我的耳朵真的出了毛病？我帶著滿懷不安的心，將眼前展開的景象一一收入眼底。

書店內部比從外面看起來寬敞得多，天花板也有挑高，彷彿把一頭大象塞進冰箱裡一樣，眼前是一片令人不可置信的光景。難道我不只耳朵失聰，就連空間感也出了問題？我所站立的走廊上，兩側延伸出整齊的高大書櫃，塞滿著一本又一本的書籍。還是這些塞滿周遭的書，把外部世界的聲音全部吸走消音？當我腦中充斥著這些荒謬的念頭時，心臟突然劇烈地跳動了起來。還是趕快離開這裡比較好。不祥的預感不同於幸運，從來都不會背叛自己。

「這是怎樣……」

我必須趁恐慌症發作之前，立刻離開這裡，但就在我轉身、伸手想要抓住門把的那一瞬間，一縷溫暖的陽光浮現在我眼前，就剛好從那扇老舊的拉門旁照射進來。一轉眼就雨停了？不，不可能，那不是一場這麼容易說停就停的雨。就算退一萬步來說，雨真的是戛然而止好了，原本被烏雲遮得一片漆黑的天空，竟已經出太陽，甚至從窗戶縫隙間透出陽光，這一定是出了什麼天大的差錯。我把手背伸進了那道毫無曲折起伏、筆直而下的陽光當中。

「好、溫暖……」

那股彷彿等待感受已久的暖意，使我起了一身的雞皮疙瘩，分不清是冷汗還是因為熱而冒出來的汗，弄濕了我的手掌，使我握著門把的手滑了下去。我開始感到害怕，因為眼前的一切早已超出我能控制的範圍。然而，真正奇怪的是，在這份恐懼背後，還參雜著難以言喻的慶幸與好奇等諸如此類的心情，彷彿灑落在腳下的陽光是某種情緒穩定劑一般。

「那個……您好，有人在嗎？」

我把手掌上的汗水擦在褲子上，調整呼吸。我告訴自己，「沒事的，沒事」，心跳也逐漸平穩下來。

我嚥了嚥口水，轉過頭，再次面對這間書店。照亮書櫃的燈光與窗外透進來的陽光是相同的顏色，而在更後方遠處，比燈光更明亮的光線下，則有一棵剛才完全沒有注意到的參天大樹。

「我怎麼會沒注意到那棵樹？」我就像是被什麼東西吸引住一樣，一邊走向那棵大樹，一邊暗自心想。「如此高大的一棵樹……真的能在室內生長嗎？」我望著碰觸到挑高天花板的綠葉，內心不禁浮現這樣的疑問。大樹彷彿與空間融為一體，在書店的地板落地生根，而周圍還盛開著不知名的花朵。

「不可能吧……應該是假的吧？」我怎麼想都覺得，在這麼小的建築裡生長著如此高大的樹木，實在太離奇，於是開始繞著那棵樹走了一圈，就在這時，我的指尖被樹枝劃到，滲出鮮紅色的血滴，這下才讓我意識到，這棵樹是真樹，不是假的。再加上混著水氣的泥土味和微微飄散的草香、花香，都讓這片空間變得更加真實生動——換言之，如此完美甚至有些怪異的書店，並非夢境，而是現實。

我沿著來時路，走向位於入口處的書櫃，發現那些被整齊排列於書櫃上的書籍，邊角都已磨損，原本潔白的內頁也都泛黃，用書店來稱呼這間店反而有一點牽強。「難道是……二手書店？」我看著積滿灰塵、應該已經很久沒有人整理過的書籍心想。就在這時，出於好奇，我隨手抽出了其中一本書籍。沒想到，一本畫風和字體都無比熟悉、寫著《蔣英實》的老舊封面映入我眼簾。

「喔？這是我小時候喜歡看的書欸？」

我感覺到拿著書本的手周圍，有一陣微風拂過。我翻開堅硬的封面，嘩啦啦翻閱沾滿手痕的書頁，一股早已遺忘的熟悉氣味撲鼻而來。我將鼻尖湊近內頁，那是我度過童年、卻再也回不去的……我家的味道。

我們不常搬家，從父母結婚到我出生，一直都是住在市郊的一棟老舊低矮公寓裡，在那裡生活了五年才搬進大城市裡的公寓。那段期間，比我小兩歲的弟弟出生，爸爸則是成為一家建設公司老闆，買了一套三十坪的公寓用來自住。我在新家住到二十歲為止，整整住了十五年。

媽媽非常愛惜也很喜歡那間新房子，她是個積極進取的人，目光敏銳、手腳幹練，不放過家裡任何一個角落，親自坐鎮指揮室內裝潢設計師，把整間房子布置得盡善盡美。精心打造一家人的生活空間，是她當時對於自己年輕有為、小有成就的慶祝方式。

我們全家人都對那間房子充滿自豪感，住在同一棟公寓的鄰居們也紛紛稱讚，明明是相同的室內坪數，我們家的空間看起來卻比他們的還要寬敞許多，一致誇讚媽媽的裝潢品味。我和弟弟在那個家度過了青春期，再到長大成人，原以為會永遠居住的家，在我二十歲那年竟淪為被法拍的命運。

我拿著書的手變得無法動彈，怔怔地站在原地；好不容易從書籍抽離的鼻尖上，還清晰地留著那股懷念的氣味。我勉強回過神來，迅速翻閱一疊又一疊的書頁，然後翻到了最後一頁，發現有人用綠色簽字筆歪歪扭扭地寫著一段文字：

突破身分高牆的蔣英實，真的非常了不起。從今天起，我決定要把他當成我最尊敬的偉人。★★★★★

「不可能……」

我看著熟悉的字跡，感到快要窒息。這一切好不真實。我彷彿回到當時——被困在時間的牆內、停留在過去——初次到訪那間醫院一樣，現在的我，感覺就像是回到了很久以前。我所面對的，是七歲時的自己。

我連忙合上愣住呆滯而張開的嘴巴，然後又抽出另一本書——《海倫．凱勒》，是和剛才那本書出自同一間出版社的偉人傳之一。內頁像是被水浸濕過再曬乾一樣，皺巴巴地布滿皺褶，我看得忐忑不安，也許，這只是很容易發生的巧合，我可能反應過度，但確認清楚也沒什麼不好。

我這次也一疊一疊地翻閱內頁，隨著手上感受到的紙張重量越重，我的心跳也跟著加速。我不知道自己在期待什麼，又或者在擔心什麼，只顧著一股腦地翻到書籍最後一頁。最終，好不容易看到海倫．凱勒偉大的生平故事結束，出現了一張象牙白色的蝴蝶頁。上面有人用藍色簽字筆寫著：

我最害怕看不見的東西，假如換作是我，有辦法像海倫．凱勒一樣因為遇到一位好老師而克服障礙嗎？坦白說我不知道。★★★★★

這下，我終於可以確定，這裡，陳列在這座書櫃上的偉人傳，全部都是我的書。不論是沒有使用書籤的習慣而將書頁一角摺成三角形作為閱讀標示，還是不小心滴到柳橙汁的印痕位置，以及因為和弟弟爭搶書籍而摔落地面，導致精裝封面的邊角凹陷等，這些印記都再再證明，一切皆為事實。

我後退一步，仰頭望向一本接一本排列整齊的書籍。從最底層到由上往下數第三格，全部都是偉人傳，而上方則是我小時候反覆閱讀過的小說，塞滿在書櫃上，有《簡・愛》、《刺魚》、《小王子》、《夜間飛行》，還有《鮭魚》。

安度昡的《鮭魚》，對我來說是一本意義非凡的小說。我大約是在十歲那年第一次閱讀它。書裡寫道，為了孕育新生命，鮭魚的父母必須犧牲自己的性命，而對於當時還年幼的我來說，感到這樣的大自然法則極為殘酷，所以閱讀完當天甚至整晚都沒有辦法入眠。不僅如此，時至今日，哪怕我都已經三十多歲，依然不敢吃鮭魚，也都是因為這件事情。我依然清楚記得，表皮銀光閃閃的鮭魚，最終是天真崇高地壯烈犧牲。

如今回想起來，不免覺得這個主題對於十歲小朋友來說可能還太難。我是過了多年以後，等到網路普及，某天突然需要搜尋關於鮭魚的書籍資料時，才發現原來這本書是為大人寫的童話故事，直到那時我才終於明白，原來我小時候感受到的衝擊有多大。

我緊握拳頭。這間書店的確怪異，甚至是詭異到離譜的程度。難道我現在是在作夢？還是因為長時間失眠導致出現幻覺？我知道的事實是，明明這些書都早已在那個家被法拍時，和所有家當一起被丟棄至垃圾場。因為當時事發突然，阿姨臨時把媽媽娘家的韓屋，騰出一間小房間來讓我們作為落腳處，但塞不下原本超過三十坪的房子裡的所有物品。我們勉強留下根本不適合小房子的餐桌、電視、書桌、書櫃和衣櫃各一，像半夜逃命的難民一樣，倉皇地搬離了我們原本的住處。

那些丟棄的書籍，怎麼會在這裡？我帶著一顆混亂的心，停下動作。感覺時間流逝得特別緩慢，所以更顯得一切都很不真實。我微微轉過身，面對另一座書櫃，這座書櫃上的書背都沒有書名，而是寫著類似日期的東西，每本書的高度都一致，但是厚度參差不齊。

二〇二三年，二月六日

有別於那些布滿手痕的舊書，這一排青綠色書背的書籍反而光亮如新。我就像著了迷的人似的朝書櫃伸出手，然後又突然驚訝地向後退。在這怪異的空間裡，陳列著奇奇怪怪的書籍，空無一人的書店，毛骨悚然的寂靜，背脊發涼的不祥預感等，都在催促著我要立刻離開這個地方。我奮力抓住那扇深褐色拉門的門把，但就在那時，樹木後方出現了「嘩啦啦，啪」的聲音，與此同時，有人開口說道：

「妳要是拉開那扇門——」

「……」

「是可以走得出去，但就再也回不來了。」

我像是被施了魔法一樣，站在原地。劃破沉寂傳出的，是一名端莊又穩重的女子聲音。我被這親切的不安感困住，緩緩轉過身去。而轉身後看到的，是一名年輕女子安穩地坐在一把從地板延伸至天花板的長長梯子上，目不轉睛地盯著我看。

K

這是一間隨時倒塌也不足為奇的老舊書店。要是刻意用力跺腳，那些積年累月的灰塵，恐怕會像掀起一陣沙塵暴一樣，將整個書店弄得塵土飛揚。通常這種老書店，不是應該會有一頭凌亂髮絲且滿是頭皮屑的中壯年，或者比書店還要年長的老爺爺，戴著顏色泛黃黯沉的袖套出現嗎？而且還會身穿充滿歲月痕跡早已鬆垮變形的針織衫，鼻梁上架著一副方框老花眼鏡，用昏花的眼神看著我，問：「妳來找什麼呢？」這才是再熟悉不過的橋段啊。

我呆站在原地，什麼事也做不了，直到該名女子從梯子上走下來，拍了拍衣服上的灰塵，走到我面前為止。我甚至連呼吸都變得困難，這名女子光是靠其存在本身，此時此刻，就已經徹底壓制整個空間。

「假如，妳還需要一些時間思考……」

「……」

「要不要先喝杯咖啡？」

女子挑著那雙有如漆黑森林般濃密的眉毛說道。而濃眉下方，則有著一雙呈現完美角度垂落的深邃雙眼皮，覆蓋在宛如夜洋般湛藍的瞳孔之上。就連平時不太敢與人四目相交的我，也躲不掉她的視線。她光是目不轉睛地盯著我看，彷彿就能將我推入深淵般，既神祕又危險。

「我們從這邊請進。」

她輕輕一笑，嘴角上揚。高挺的鼻梁旁呈現著陰影，一旁臉頰上還出現了印地安酒窩。她那頭烏黑長髮整齊綁成了低馬尾，看上去端莊幹練。引導我從這邊進去時伸出的手背上，青綠色血管清晰可見。而那修長直細的手指上佩戴的獨特銀戒，在燈光照射下閃閃發光。身穿俐落黑夾克的女子，胸前別著一個透明的名牌，上面寫著「Manager. K」。女子看我呆呆地站在原地，便不發一語地轉身走在前頭，為我指引道路。她那頭長及腰背的秀髮，伴隨著她的腳步左右搖擺晃動。

有別於理性上所感受到的焦慮不安，我的身體反而本能地朝女子方向移動。她就像是在證明自己的獨特般，像重力一樣吸引著我跟隨。儘管我的腦海中不停響起警報，但我那已然踏出的步伐，早已無法再轉身回到出口。我被吸入越來越深的迷宮當中。

啪嗒，啪嗒，啪嗒。她行走在木地板上的腳步聲，宛如用尺丈量過一般，整齊劃一。乍看身高明顯超過一百七十公分的女子，身穿黑色西裝褲搭配格紋運動鞋。運動鞋就像是剛從鞋盒裡拿出來的一樣，連鞋底都乾淨無瑕，一塵不染。我跟著她不停地走，還偷偷回頭看了看自己走來的路。有別於她那不留痕跡的腳步，我不禁開始擔心起自己被雨淋濕的鞋底會不會留下污漬腳印。

所幸，地上並沒有留下我的腳印，但一排排像巨型骨牌般排列整齊的書櫃，在我身後可怕地緊緊跟隨。我加大腳步寬距，趕緊拉近了與她之間的距離。大樹後方延伸出去的走廊似乎沒有盡頭，怎麼走都走不到底。

不久後，書櫃交錯形成的通道右側，出現了一處空蕩蕩的空間，不，那不是空蕩蕩的空間，而是用玻璃構成一整片牆的寬敞接待室。我看著落地窗外灑進來的陽光以及陽光下的庭院，不禁驚嘆地張大了嘴巴。

女子像是早就習慣了我這種反應似的，示意要我坐下，然後開始翻找起一只木抽屜。我一屁股坐在一張看上去十分柔軟的沙發上，一旁則有一台看起來年代久遠的煤油暖爐，一邊散發著陣陣煤油味，一邊燒著紅通通的火焰。

溫熱的氣息把我的臉薰得發燙，被雨淋一身濕導致發青的嘴唇也終於恢復了紅潤色澤，被遺忘的寒意一下子湧了上來，我連忙伸出雙手，用全身去感受暖爐帶來的暖意。原本僵硬的身體逐漸緩和放鬆，像橡皮筋一樣繃緊的神經也慢慢開始變得鬆軟。

「您喝咖啡嗎？」

「……」

「不喝咖啡並不會減緩您的失眠問題，喝咖啡也不至於增加失眠困擾。」

女子將手動磨豆機、滴濾器和濾紙依序放在矮桌上，然後說道。她從牆上的架子取下一個白色的杯子，放在這些器具旁，這一連串的動作看起來十分熟稔。

我一直注意著她的一舉一動，所以沒能回應她的提問，但也對於她怎麼會知道我失眠沒有多做詢問。

女子默默地開始轉動磨豆機，將咖啡豆磨成粉，然後再鋪上濾紙，把磨好的咖啡粉倒入滴濾器中。她再將放於煤油爐上的黃色鋁製水壺提起，開始沖泡咖啡。我心想，竟然是用鋁壺裡的水來手沖咖啡……儘管這組合看起來實在離奇，但相較於我現在的處境，似乎也不至於到非常奇怪。

「請問這裡是書店嗎？我明明是看到『言書店』的招牌才走進來的。」

女子面對我的提問，莞爾一笑，緩緩地將手中的水壺傾斜。伴隨著嘩啦啦的聲音，原本平坦的咖啡粉突然咕嚕咕嚕地冒起了泡泡，咖啡香瞬間蔓延整個接待室，將原本縈繞在空氣中的紙張味與樹木味直接驅散。透過淺褐色的濾紙滴入透明托杯中的液體，有如夜幕般漆黑。

「不是言書店，是記憶書店。」

「什麼？」

「這間書店的招牌，叫做記憶書店。」

當她將傾斜的手腕擺正回來，壺口流出來的水聲也漸漸停止。我輕輕地用舌尖回味著她剛才說過的話，言，記憶。光是一筆之差❶，詞意就截然不同，這個空間的氛圍也瞬間變得不同。原本平靜的心，也泛起了波瀾。

「這裡……是做什麼的地方呢？」

「這裡……會是做什麼的地方呢？」

我對著正在將濾好的咖啡倒入杯中的她問道。然而，她沒有回答我的問題，反而是像鏡子一樣重新反問我。我的腦海裡浮現一進門在入口處看到的那些書籍，那些畫面提醒了我，此處絕對不凡。

「我看見了入口處的那些書……那些都是我小時候閱讀過的書籍，是在我還沒學過如何寫讀後心得的時候，所以都會在讀完每一本書之後，在最後一頁像塗鴉一樣留下簡短的感想，但那些書竟然都在這間書店裡，這是不可能的事情，因為那些書，早就都拿去回收丟掉了。」

女子像是聽到一件不足為奇的事情一樣，若無其事地喝了一口咖啡，然後與我四目相交；那是令人難以逃避的深邃、嚴肅眼神。

「這就是為什麼，這間書店叫做『記憶書店』的原因。」

「……」

「這裡保存著智媛小姐您的所有記憶。」

我的……所有記憶……？

我感到一陣頭痛，思緒一片紊亂。自相遇的那一刻起，這名女子就待我如熟悉的故友，包括關於我的長期失眠問題、我從未透露過的姓名，她都瞭若指掌。我默默低頭望向放在膝蓋上的手指，被樹枝劃傷的地方，像是在證明這一切都是真實似的，紅腫著。

「人類的記憶會以各種方式被記錄下來，閱讀過的書籍，會以當時的狀態被完整保存下來，人生的記憶，則會被收錄進新書當中，可以是文字紀錄，也可以是圖

❶ 韓文기역（子音）和기억（記憶）的差異，只有多一筆。中譯取「言」與「記」之差。

畫。因為小朋友還不識字，所以童年記憶多半是以圖畫的方式記錄下來，當然，即使是成人的記憶，有時也有可能是以圖畫而非文字的方式被呈現保存。比方說，人生當中感到情感濃烈的某些瞬間，感受到自身所擁有的語言表達受限的那些瞬間，就會像速寫一樣，用插畫的方式將抽象卻比文字清晰的記憶保存下來。」

「現在……是要我相信妳說的這些話嗎？」

「妳其實已經相信了啊，不是嗎？也許妳早就期盼過，發生這種不可思議的瞬間吧。」

類似奇蹟，之類的東西。

女子的說話聲有一種會引人注意的魔力，的確，身為作家，我創造過各種世界，說自己從未想像過這種瞬間是騙人的。不論是巧遇某種機會，帶著現在的記憶回到過去，展開全新人生；還是可以遇見已故之人；又或者是天堂或地獄等死後世界，諸如此類的。但，會將此生的記憶收錄成冊的書店，這究竟對我會有何幫助？

「與其急著判斷對自己有何幫助，不覺得理由是什麼更重要嗎？」

「理由？」

「是啊，這間書店會出現在妳面前的理由。」

她像是要窺探我內心想法般地說著。她放下咖啡杯，深深地倚坐在沙發上，繼續說道：

「外面雨下得很大吧？」

女子才剛問完，一縷陽光就映照在我那尚未完全消除警戒的手背上。透過落地窗透進來的暖意，溫柔地圍繞在我的周圍。女子看著與自己問的話恰巧相反的天氣，微微揚起嘴角。黃澄澄的午後陽光，彷彿聽得懂女子說的話似的，隨著她接下來的提問，緩緩離我而去。

「妳……有想過尋死嗎？」

「……」

「或者想活在死亡裡？」

「可以說得淺顯易懂一點嗎？妳難道是死神之類的？」

「哈哈，假如我是死神，那就不會談論關於活著了。」

她笑了起來，似乎是覺得這一切很有趣，臉上再次浮現印地安酒窩。我對於她那彷彿是在嘲笑我的從容態度感到不甚滿意，在心中微微泛起的波瀾，瞬間變得巨大洶湧，如同一場海嘯朝我猛烈撲來。

「那妳現在想要對我說什麼？妳到底是誰？」

「我和死神差不多，但也是完全不一樣的存在。死神是為亡者引路，但我是為還活著的生者伸出援手。」

為還活著的生者，伸出援手的存在。

我一一回想該名女子說過的話，她的表達行雲流水，親切有禮，卻又尖銳犀利。我反覆咀嚼那些破碎零散的句子，最後將它們吞了下去。換句話說，現在的我，雖然還活著，但也可能即將死亡。

「呼……」

我努力撫平翻湧的情緒，用手拂過乾燥粗糙的臉龐，把堵在胸口的那口悶氣深深呼出。無論現在的情況是真實，還是我已經神智不清陷入幻覺，情緒化都對自己沒有任何好處。過度的反應總是會伴隨著體力透支，既然也沒有什麼可以失去的，不如再繼續聽聽看這名女子要說什麼也無妨。當我這樣想的時候，視線也不自覺落到了女子胸前的名牌上。

「經理……？請問是經理沒有錯吧？」

「怎麼稱呼都可以，看妳方便。」

聽聞我稱呼她經理，女子低頭看了一眼自己的名牌，然後重新調整坐姿回答。

我像是早就在等待她回答似的，立刻又拋出問題：

「所以經理您的意思是……我可能很快就會死掉，是這個意思嗎？」

「妳聽起來像是這個意思嗎？」

「因為妳說，『還活著的』……」

「嗯……」

女子聳了聳肩，似乎是覺得我對她說的話有所誤解。我把嘴唇湊近那杯接過後只放在手邊、一口都尚未品嘗的咖啡，明明感覺已經過了好長一段時間，咖啡卻依舊溫熱，填滿我的口腔。

「那不是我能決定的事情。」

「……」

「想死的人是妳。」

「……」

「所以書店大門才會出現在妳面前。」

女子說，那扇書店大門之所以會出現在我面前，是因為我有萌生過想死的念頭。我無從反駁，只好又喝下一口咖啡。這是我人生中第一次被人看穿自己逐漸凋零的意志，當然，對方可不是什麼尋常的人類，但就當作是人類吧。

「換我來問妳問題吧。」

「……」

「妳為什麼想死？」

女子看著遲疑的我，問道。我放下咖啡杯，與凝視著我的她四目相交。女子雖然面無表情，卻莫名地想要對她傾訴真心。也許正因為她並非人類，所以反而讓我可以在她面前坦率。

「因為活著比死還要痛苦。」

「為什麼活著更痛苦呢？」

「我想妳應該早就知道答案……」

「可是聽本人親口說明應該又會不太一樣吧。因為我還滿想和智媛小姐有更深層的對話。」

當我把那些深埋於心、從未對人提起的秘密說出口，女子的眼神逐漸變得柔和，宛如午後的晚霞。她那略帶紅潤的唇角，恰到好處地微微揚起。那抹微笑正中我心，過去一直用「我沒事」來強顏歡笑壓在心裡的話語，瞬間湧到喉頭。

「是因為罪惡感。」

「罪惡感？」

「幾年前，我媽過世了，她病了很久，痛苦地離開人世。我只是……每每想起她就會內疚到窒息。」

「可是並不是因為妳而害她過世的吧？」

「但是我也間接促使了她的死亡，因為我眼睜睜看著她一天天走向死亡，卻袖手旁觀，讓她孤零零地隻身一人，所以我才會像現在這樣受罰吧。她健康時是什麼模樣，我完全不記得。」

在別人面前落淚，是我從來不允許發生的事情。

即使是在母親臨終的那一刻，我也沒有掉過一滴淚，即使是在辦喪事的期間、在陪伴她走完人生最後一程送入火葬場的時候也是，我都從未落下一滴眼淚。但是現在不知為何，好想哭。鼻尖變得灼熱，眼皮也像積滿雨水的烏雲般腫脹。瞬間，我的視線變得模糊，為了不讓眼淚奪眶而出，我只好緊閉雙眼。

「妳會對於過去的人生感到後悔嗎？」

那聲音溫柔得像在撫慰默默哭泣的我，彷彿是在撫摸我的肩膀，輕輕地傳到了我的耳畔。我喉頭哽咽，無法說話，只能用深深低著的頭默默點了幾下。女子默默看著我的反應，最後從位子上起身。儘管我的視線一直注視著地板，但我知道，她從接待室一隅的書櫃上取了什麼東西回來。我的睫毛上還掛著一滴眼淚，最終掉落在我的腳背上，然後我抬起頭，將視線挪移至桌面。放在咖啡杯旁邊的一個長柱形盒子，彷彿在凝視著我。

「假如時間可以倒流，回到過去，妳想要回到什麼時候？」

「那是什麼意思……」

「來，這就是妳的時間。」

女子從厚重的紙盒中取出一座約莫四十公分高的沙漏，準確來說，那是一座沒有沙子的沙漏，透明的玻璃瓶內，裝著的是天空和海洋。沙漏中央凹進去的腰身處形成了一道水平線，宛如站在懸崖邊看出去的美麗世界。然而，沙漏內的世界卻感受不到時間，分不清是白晝還是黑夜，也不曉得是陰天還是晴天，是風平浪靜還是滔天巨浪，什麼都感覺不到。

我靜靜地凝視著那座宛如神殿般矗立在我面前的沙漏，端詳著它的上半部、下半部，以及圍繞在玻璃瓶周圍的柱體，正閃耀著金光。

「我稱它為『生涯時鐘』。」

「生涯時鐘？」

「對，至今為止走過的人生，以及今後要走的人生，全都在這裡面。也許在妳眼裡還只是一幅美麗的風景，但我看到的可不是如此。妳的世界現在烏雲籠罩，雷電交加，四周喧囂。啊，可能很快就要下雨了，要是下雨導致海水水位上升，水平線變得模糊不清，甚至消失……」

「……」

「那麼，妳就會死掉。」

儘管現在海平面看起來還沒那麼高。

女子用她那冒著青筋的手，撫摸沙漏的頂部圓形蓋板。她只要移動一次手指，薄薄皮膚下透出的中手骨就會清晰可見。我一時間還無法理解她說這些話的涵義，只能以沉默代替回答。女子並不在意我的反應，繼續說道：

「假如能用剩餘的時間，重新過一次從前的時光，」

「……」

「智媛小姐，妳會如何做選擇？」

正在問我這些話的女子，眼睛裡竟神奇地透出了一片閃電交加的汪洋大海。

四周突然變得一片寂靜，我這下才發現，原來這個空間裡，沒有一個物品是可以讓我知道時間的，女子的左手手腕上也只有戴著一條銀色手鍊，任何地方都找不到顯示時間的物品。

我怔怔地望向眼前那座玻璃沙漏，那是這裡唯一能稱作「時鐘」的東西，然而，在這座沙漏裡，也依舊感受不到時間的流動。前不久，從她瞳孔中浮現的狂風暴與深灰色烏雲，難道是我心中的迫切所創造而出的幻覺？我搖了搖頭。

「我不太明白妳的意思。」

「就是照字面上的意思，讓妳用接下來往後的生命，與過去已逝的時間交換。」

女子的表情格外嚴肅，我被女子的說話聲壓制，無法呼吸。她說的每一個字，都像一根根編織密實的繩索，將我緊緊束縛，使我無法掙脫。她明明沒有任何證據，卻只憑入口處那些書籍與我兒時的記憶相像，就對我說起這些奇妙荒誕的話。問題是，我的內心竟然想要把她說的這些話當真。她趁我一時鬆懈，默默鑽進了我微開的心房。

「這是基於非常簡單的規則所進行的一種交易，我可以提供妳三次機會回到過去，而妳則是可以回到渴望的那個時間點，停留三小時，然後以此作為代價，我會拿走妳剩餘的壽命。」

用剩餘的壽命，換取回到過去的時間，我可以回到過去。這是每個人一生中或多或少都曾幻想過的事情，結果竟然真實地發生在我眼前。儘管我還不確定她說的這番話是真是假，但至少她沒有試圖說服我，假若她所言虛假，那麼，她就該對我說出更多甜言蜜語引誘我上鉤才對，畢竟交易本就建立在互相同意的原則之上。

我趁我們之間的短暫沉默，迅速回想了自己過去的人生，然後盡可能地謹慎挑選出自己最想說的話。女子面對舉棋不定、猶豫不決的我，也沒有展現任何焦躁之色，反而靜靜等我回應。

「如果回到過去，可以改變什麼呢？」

「比妳想像中的還要多喔～」

「也能讓死掉的人復活嗎？」

「取決於妳做什麼樣的選擇吧！」

那是既模稜兩可又毫無破綻的回應。取決於我的選擇，表示讓死者復活也並非全然不可能的事情。我端起咖啡杯，沾濕了嘴唇。依舊溫熱的液體，沿著喉嚨一口滑落。

「但這是一件滿不公平的交易，不是嗎？當事人反而看不見自己在生涯時鐘裡剩餘的壽命，就算真的能回到過去，也沒辦法準確知道我想回去的時間點和日期吧。究竟有多少人能把過去的事情記得一清二楚。」

「這正是這間書店存在的理由。」

從沙發上慢慢起身的女子，一邊從我身旁走過，一邊說道。她那潔白無瑕的運動鞋踩在木質地板上所發出的聲音，清晰地傳入我耳中。我半轉過身，目光追隨著她的背影。她從一面巨大的書櫃中央抽出了一本書，遞給我。青綠色的書背上，寫著一串數字：「二〇二三年，二月六日」

二〇二三年二月六日，二月六日……

我手拿那本書，不自覺用力。她遞給我的是在我遇見她之前，擺在書店入口處的那本書——有別於其他書籍，唯獨只有它像新書一樣散發著光澤。我不敢輕易翻開，而是默默注視著穿過接待室逐漸走遠的女子，她像是早已讀懂我腦海中的想法一樣，輕輕地點了點頭。

我最近總是睡不好，該去醫院看看醫生了。沉重垂下的眼皮，害我開車變得吃力。明明什麼事都沒做，時間卻已經來到上午十一點，要趕在醫院午休時間前抵達才行。雖說是我自己選擇的事情，但我現在對於這個舉動沒有絲毫把握。

我攤開書，讀到這段文字，頓時忘記呼吸。每當我閱讀灰色模糊的字跡，後頸就愈漸僵硬。這段文字是寫於三週前，那天的記憶。

醫生說我的哀悼期過長，越是反覆舉咀嚼這句話，就越覺得可笑，因為那句話聽起來就像「愛一個人超過三年就會感情淡掉」之類的研究結果，究竟是誰授權他們去為他人的情感設定保存期限的？我甚至連對這句話生氣的力氣都沒有，並對於這樣的自己感到無力。

「妳需要的東西全都在這裡，這間書店保存著智媛小姐妳的所有記憶，沒有一個記憶是未被記錄下來的。」

她說的沒有錯，這家書店的確收錄著我的所有記憶。寫在書上的每一句話，是就算對我進行身家調查也絕對無從得知的內容，因為這些話都只存在於我的思緒裡、內心裡。我闔上書本，向女子問道：

「為什麼要以人類剩餘的壽命作為交易的代價？妳不是說自己是對生者伸出援手的存在嗎？」

半倚在書桌邊的女子回答：

「那就是我伸出援手的方法，所以，我只能面對生者，而非死者。況且，妳不是本來就已經下定決心要放棄活下去了嗎？這場交易，對於妳來說，應該不是多麼糟糕的條件才對。如果妳是因為沒有自信自行了結生命，所以才『還』活著的話，那麼，由某個人替妳把死亡帶來，也是另一種辦法吧。」

四周封閉的空間內，飄進了一陣寒意，沿著手臂冒出的雞皮疙瘩蔓延至全身。女子一如既往地讀透著我的所有想法。當我聽見她說「因為沒有自信自行了結生命」這句話時，頓時感到羞恥與挫敗，或許她就是找上我的「死亡」也不一定。我不敢輕易開口說話，因為總覺得我吐出的每一句話，都很可能隨時化作銳利的刀刃，將我的身體砍傷。最終，我站上了生死交關的分界線上。

「每當生涯時鐘裡的大海水位出現變化時，智媛小姐，妳會發現的。」

「那是……什麼意思？」

「假如有什麼東西變得不一樣了，表示我會把壽命還給妳的意思。」

「又要把妳奪走的壽命還給我？妳到底想和我做什麼？既然是為沒有自信自行了結生命的人帶來死亡，那怎麼又會幫這種人重獲新生？這種玩笑未免也開得太過分了吧！」

我實在忍無可忍，只好憤而起身。瘋狂跳動的心臟，彷彿隨時都會跳到喉嚨處，從嘴巴脫口而出。我怒視著那名女子，她則是一如既往地面無表情，一步一步冷靜地走向我。她的眼裡，正上演著一場颱風，就像是在向我證明剛才眼前所見並非幻覺似的。

「妳會感謝我的。」

「……」

「因為假如有什麼東西變得不一樣了，妳絕對，會想要活下去的。」

書店的紀錄

我從小就很喜歡書店，在網路書店和用手機閱讀的電子書尚未像現在這樣發達前，大大小小的書店在每個地區都很常見。當然，最近也有那些各具特色的大型書店，在色調偏暗的黃色燈光下，備妥具有無數插座的桌椅，將文字與現代人必不可少的咖啡因一同販售；然而，我印象中的書店風景，反而是反射著刺眼白色日光燈的硬挺習題本，以及只能讓一個人勉強通過的密密麻麻書櫃。

不過，我還是喜歡那樣的書店，即使是在鼻尖發癢的瞬間，我也還是喜歡身處在那種空間裡的每一刻。大型書店總是充滿涼意，甚至沒有窗戶，生怕陽光會將書籍封面曬到褪色；因此，在通風不良的空間裡，總是堆積著悶悶的灰塵味與冰冷的紙張氣味。

我之所以會成為作家，大概是深受母親的影響，因為從小只要是關於買書的事情，她永遠都會把其他事情擱在一旁，先帶我去書店買書。而且只要是我想讀的書，無論什麼內容，她都會買給我。她自己也很喜歡閱讀，用紙做成的書店袋子裡，總是裝著她的書和我的書，感情要好地依偎在一起。

因此，瀰漫在這間書店裡的濃濃濕冷味，以及排得密密麻麻的巨型書櫃，都足以把我困進這個空間裡。也許女子從一開始就知道這一點，然後精確地算準時機，才出現在我面前。怎麼不可能呢？她可是能隨心所欲給予、奪走人類壽命的存在。我看著那連背影都十分端正的女子，走著從容不迫的步伐，然後輕吐了一口低沉的氣息。

「決定好了我們就移動位子吧？」

女子的問話聲就像用錄音帶提前錄製好的聲音一樣，在我耳邊不停迴響。即使我猛地站起身大聲喊叫，女子似乎也將我沒有立刻離開這個空間理解成一種肯定。我默默地跟在她身後。

我回頭望了一眼剛才坐過的空間，原本無論過了多久都還冒著熱煙的咖啡杯和水壺，都已經感覺不到溫度，原本溫暖我凍僵臉龐的煤油暖爐也已經熄滅，彷彿是在目送著我離開接待室一樣。然而，我已經不再為這些奇異的景象感到驚訝，在這可以用未來時間換回到過去的神奇空間裡，自行滅掉的物品反而顯得不足為奇。

女子直直走向接待室對面。再次出現的十字路口左側，依然屹立著那棵氣勢凜然的參天大樹。儘管因為走過漫長走廊而與大樹的距離較遠，但那棵大樹所散發出的濃密綠蔭，卻彷彿近在咫尺般清晰。我在這片無風的書店中央，聽見了樹葉摩擦的沙沙聲響。

「選個舒服的位子坐吧。」

從未回頭看的女人停下了腳步，然後向我說道。我們來到的地方，是一間圖書館常見的閱覽室，中央擺放著方形書桌。這裡以書桌為中心，四張椅子彷彿是用模具壓出來似的角度整齊地擺放著，還有相對而立的書櫃全都形成了完美對稱。我站在閱覽室的入口處，目光追隨著女子的背影走進閱覽室更深處。原以為會像是接待室那樣的整面玻璃牆，但卻看見一扇可以往內拉的拉門。我的視線遲遲移不開那扇古銅色的拉門，這時，女子向我親切地開口問道：

「這個怎麼樣？是不是很熟悉的東西？是妳小時候喜歡的音響組喔。」

啊。

當我順著女人手指的方向轉過頭，我不自覺地發出了這樣的聲音。那裡放著一台黑色的音響組，是我四、五歲時——如今記憶早已模糊不清的童年時期，爸爸經常為我播放音樂的那台音響組。

「雖然那時候那台音響組壞掉了，但這一台是可以正常運作的。」

「……」

「這個抽屜裡也依舊擺放著黑膠唱片，和視覺、嗅覺一樣留下強烈記憶的便是聽覺。聽著熟悉的音樂，會對於找回記憶有所幫助的。然後這是書店的介紹手冊，這個是能倒轉時間的書籤。」

女子的動作行雲流水，我在她的帶領之下，不知不覺接過她遞來的手冊和書籤，坐在椅子上。那本手冊小巧輕薄，書籤則是用夜海或夜空般靛藍的顏色皮革製成，像十五公分的尺一樣細長。透過歲月的洗禮，書籤早已變得恰到好處地柔軟，整體像是分成上下兩截似的，只有一端繫著一條繩子。我雙臂交叉站著，與俯視著我的女人對視。女子緩慢地眨著眼，吐出慵懶的氣息。

我花了很長一段時間，才把書籤整齊地擺放在桌上，然後翻開手冊。明明只是純粹翻開封面而已，這段過程卻還是很不容易，因為我知道，一旦打開這本手冊，閱讀裡面的文字，就會像在合約書上用印蓋章一樣，再也無法挽回任何事情。然而，我最終還是打開了手冊，閱讀裡面的字句，在不算完全純白也不算完全泛黃的第一頁，寫著「記憶書店使用方法與時間旅行之規則」。

字體的大小剛好，使用的字形也輪廓清晰，很有質感。我用指尖感受著文字的觸感，看似光滑，摸起來其實是有微微凸起的。我將撐著書頁的手指挪至書角，翻到了下一頁。

是一張空白頁，什麼字都沒有。

我用口水潤了潤乾燥的唇，繼續翻開下一頁，看見字距與行距排列得恰到好處的句子，一行又一行地呈現著。

一、記憶書店使用方法

—記憶書店會將時間旅人的所有記憶，以書本的形式記錄並保存。

—時間旅人可以透過這些被記錄下來的記憶，精準地回到想要的時間點。

—找到所需記憶後，請將書籤夾入書頁之間，交給書店經理。

二、時間旅行的規則

—時間旅行是以「過去時間」與「未來時間」交換為原則進行。

—雖然過去時間與未來時間並不完全相同，但時間的長度會成比例。

—時間旅行的次數以三次為限。

—曾經走過的時間無法再挽回。

—只能在過去的時間停留三小時。

—時間旅人將以進行時間旅行時的自己存在於過去。

—時間旅人不得提及有關未來的任何事情。

—假如時間旅人的人生發生變化，則可退還未來的時間。

—當時間旅人的生涯時鐘水平線消失，即當場死亡。

閱讀手冊的期間，時間彷彿停止。不，應該說，當我讀完整本手冊後，書店開始復甦喘息。層層堆疊的書籍彷彿在吸吐，書店內的光與影也隨著我的心情而動。

女子原本雙臂交叉而站，默默觀察著我，但是現在，她已離我稍遠，正在翻看方形抽屜裡的黑膠唱片。不過，我知道是她讓這個地方注入了生命力。時間並非真正靜止，而是從我決定遵循這間書店規則的那一刻起才開始流動。

我望著正在從紙盒中取出圓形唱片的她，她背對著我，卻似乎仍能感覺到我的視線，一邊吹著滿是灰塵的唱片，一邊對我說：

「很簡單吧？如果有什麼好奇的就儘管問。」

她平淡的語氣反而喚起了我內心無數個疑問。我向她詢問，所謂「曾經走過的時間無法再挽回」是什麼意思？女子收回了正準備將唱片放到唱盤上的手，然後將身體轉向我。

「選擇時間的時候一定要非常謹慎。雖然可以回到比過去更久遠的過去，但要是去到太遙遠的過去，就無法前往那之後的某個未來時刻。」

「為什麼呢？」

「因為時間不是那樣運行的。即使可以回溯一次，也無法任意打亂順序。」

所以，最好是從最靠近現在的時間開始回去旅行。

說完這些話的女人收回了原本投射在我身上的視線，轉過身去繼續完成她手邊的事。唱片被放上了唱盤，黑膠唱片以順時針方向轉動了起來。不夠鋒利的唱針發出了吱吱聲響，然後落進唱片的溝槽中。一首不知名卻在記憶深處曾經聽過的古典音樂緩緩流出，而我也陷入了沉思。

我能回到什麼時候？

我該回到什麼時候？

我的腦海浮現無數個後悔的時刻，每當反覆咀嚼那些懊悔的瞬間，就會無數次地猜想假設，要是當時沒那樣做的話，結果又會是如何呢？

我鼓起勇氣面對痛苦，回想起媽媽過世的時候，那是比任何時候都還嚴寒的冬天，病房內的空氣因開著暖氣而乾燥。我不曉得是從哪裡聽說過，人在臨終時，最後失去的感官是聽覺，所以建議守在病榻前的人，可以一直對即將離世的人說「我愛你」，直到真的過世為止。

然而，我不記得了。我不記得當時自己說了什麼，也不記得自己是否有對逐漸離去的媽媽說我愛妳。

我還記得那片黑暗悲痛的清晨天空、窗外的枯瘦樹枝、好幾天沒闔眼而腫脹發熱的眼睛，以及無法言喻的疲憊，這些片段都還清楚地儲存在我的記憶當中，但除此之外的事情早已想不起來了。

只剩下不想被家族裡的其他人發現而默默哭泣的弟弟背影，還有痛哭哀號的阿姨們，以及不發一語靜靜守在靈堂前的爸爸，諸如此類的記憶碎片；關於我自己、我當時的情感，則是怎麼想都想不起來。

我放下手中拿著的東西，從座位上站起身，「吱——」發出了椅子拖動時與地板之間的摩擦聲響。女子什麼話也沒說，只是站在原地看著我。我問她：

「書……要怎麼找？」

女子回答：

「妳需要的記憶，會出現在妳腳步所及之處。」

我無從準確得知這間書店的寬度與深度，因為寬闊處寬得沒有盡頭，狹窄處則是窄得令人窒息。走著走著，總覺得再往前一點就能抵達盡頭，可若仔細一看，一片漆黑的後方竟藏著無盡的空間。我走在被書籍包圍的走道上，思索著我需要的是什麼？我該回到什麼時候？能回到什麼時候？

我的腳步聲在一片寂寥中顯得十分吵雜。我自然地走到某處，停下腳步，面對書櫃。與我視線高度平行處，插著一本書背上寫著一組數字的書。

「二〇二二年，七月十日」

那是我約莫七個月前的記憶。我將手伸向那本紅色的書，用食指輕按書背，於是書本便毫無阻力地滑落出來，顯得十分輕盈。

有別於三週前那本記憶，這本書的字跡稍微更深一些，我翻到中間，打開書頁，然後開始回顧這些已成過去的腦內記憶。

眼看截稿時間逼近，就連呼吸都變得困難。寫了又刪、刪了又寫，那些被我刪除的文字都去了哪裡？如果把那些艱難地寫下又輕易刪除的文字收集起來，也許都能湊成一本書的厚度了。明明沒有人催促，卻只有我一個人焦躁不安。不，其實我一直都在被催促。靠寫稿賺取稿費才能維生，這就是我選擇的職業。

我想起來了，那是在我最後一次連載的時候。並不是身為作家的最後一次，而是以現在的我所能發表的最後一次連載。從那之後，我便再也寫不出任何文章了。也就是說，問題就是從這裡開始的——壓抑了將近十年的恐慌症又重新冒出頭來。

我闔上書，把它放回原位。隨後，又從不遠處抽出另一本書，同樣是紅色的書背，上頭寫著：

「二〇二二年，七月二十八日」

依然是七月的夏天。

連載要中斷了。無論我怎麼努力，都寫不出文章。我因呼吸困難而失眠問題加劇，還接受了腦部檢查，而且因為有幽閉恐懼症，無法進入封閉空間，所以一切的檢查皆在睡眠中進行。這一刻，對我來說是唯一的~~休息~~逃避。

我的視線停留在「休息」這兩個字上的黑色刪除線。字的顏色與剛才那本差不多，都是深灰色的。面對初次看見的這種呈現格式，我內心不禁感到疑惑——所謂記憶，原來也能像這樣被修改？我再次將書放回書櫃，並在周圍徘徊，因為開始好奇是否還有其他形式的紀錄，但遲遲找不到想要下手的下一本書。我走過一排書櫃之後，發現排列著另一種顏色書背的書櫃。

「二〇二二年，九月五日」

那是跳過八月，來到秋天的記憶。

儘管做了無數次檢查，我的身體仍找不出任何異狀。現在的我，正拚命地欺騙自己。明明從一開始就知道問題是什麼，卻做了許多愚蠢的事情。如今，我必須承認，唯一能去的地方只剩下一處。

我看著與先前那些書沒什麼不同的格式，令我有些失望。就連內容也乏善可陳，於是我毫不留戀地將書擺回原位。但就在那一瞬間，這間書店所擁有的真正重量，透過肌膚滲入我體內每一個細胞，使我清楚明確地感覺到。雖然我一直在說服自己，我已經或多或少接受，也相信了這間奇妙書店和那名令人難以捉摸的女子，但直到剛才那一刻，我才感覺到心中死守的最後那一道防線，像是被剪刀「喀嚓」剪斷。我半信半疑、不加思索、毫無規則順序地隨意抽出的這些書籍裡的紀錄，真的都是我記憶中的一部分。

人是愚蠢的動物，至少我是。明知不可能完全騙自己，卻還是會對自己說謊。我對於突如其來的真相感到沉重不堪。書店彷彿將我體內的空氣抽乾，我的心臟開始縮小，一度無法呼吸，身體晃了一下，好不容易才重新站穩。我終於明白，原來那些嘴上說著「沒事」然後努力被我忽視的傷，都要先卸下「假裝若無其事」的面具，坦然面對才行。我轉身走向對面的書櫃，隨著步伐越快，視野中就越多一閃而過的書籍，宛如在高速公路上奔馳的汽車一般。

直到走到一條死路，我才停下腳步。如野獸般在身後緊追不放的恐懼與不安，終於被這面牆擋了下來。我在那裡甩開了那些猛烈吞噬我的情緒，隨意伸手抽出了一本書。那本書的書背是淺棕色的，上面寫著一串數字：

「二〇一九年，六月十三日」

這是我的第一份合約。我懷著半信半疑的心情投稿，沒想到竟然馬上收到了出版提案。讀完投稿結果通知的那封電子郵件之後，開車回家的路上，我不禁心想：「我要打電話跟媽媽說。她應該會很開心吧？會為我高興吧？」一想到要對她做從未做過的事——撒嬌，就感到不太好意思。但我很快就意識到，「啊，媽媽已經過世了。」我手握方向盤，陷入茫然。

我在毫無防備的狀態下面對這些文字，忍不住眼眶泛淚，臼齒也因過分用力咬合而連帶整個下顎都在痠痛。第一次在陌生的這裡看到「媽媽」兩個字，使我感覺喉嚨就像吞了一根細針一樣哽住。我心想，反正沒有人看，實在好想大哭一場，但終究還是無法對自己誠實，因為一直都想做個可靠的女兒，這樣的心態鎖緊拴住了我的淚腺。我像是早已習慣似地抬頭望向天花板，當我慢慢閉上雙眼，望向那遙不可及的高處時，眼淚就像被海綿吸走的水一樣，瞬間消失。我感到慶幸，然後重新低下頭，繼續閱讀。

我要打電話跟媽媽說。

我的視線停留在這句話上，心如刀割，疼痛不已。這種情況多不勝數。

媽媽總是讓我思念不已，比起悲傷的時候，我更常在快樂時想起她。每當有值得炫耀、想得到稱讚的事情，我都會忘記她早已不在世的事實，下意識地按下她的電話號碼，然後再像被人從背後狠狠敲了一記後腦勺，一陣疼痛之下才驚覺，「啊，媽媽已經不在了。」儘管這是我常犯的錯，至今也仍會不小心犯下這樣的失誤，但這種事情是絕對不會免疫的。

我心中最深的傷，就是媽媽。一直都是如此。不是媽媽的缺席，而是「媽媽這個存在」本身已是一道傷痕，光是「想起媽媽」這件事，就讓我感到痛苦萬分。所以我試著努力不去想她，但又會因此而對她感到愧疚與罪惡，於是我會更站在她的立場，把自己帶入到她的情感裡去思考。

於是，這樣的惡性循環就不斷重複上演。儘管如此，我依然選擇忽視自己的情緒，忙著逃避、選擇逃跑。直到現在，我才終於領悟到一件極其理所當然之事：原來我需要的是勇氣，去直視那些被遺忘、又或是反覆咀嚼到已經像刺青般深刻留下的記憶。

「妳需要的記憶，會出現在妳腳步所及之處。」

我想起了女子說過的話。我朝自己最先需要面對的記憶走去，經過了外表相似、內部排列著不同顏色與大小書籍的一排排書櫃。隨著在木地板上行走的力道越大，越是掀起一堆像蒲公英種子般的灰塵，在我身後飄蕩飛舞。

關於那天的記憶，會是被如何記錄下來的呢？我的心臟因擔憂與不安而劇烈跳動，從胸口一直到頭頂都發熱。我走到書店最深處，很遠很遠，再重新轉往閱覽室的方向走去。那裡的記憶就像磁鐵般把我吸引了過去。

「找到了……」

女子說的話沒有一句是謊言。我需要的記憶，果然真的就在我腳步所及的地方。

「可是，這個……怎麼會是這樣？」

正當我終於找到那段記憶，準備要從書櫃上取下來的瞬間，一種怪異的感覺從指尖傳來，我的手停在了半空中。

「二〇一六年，二月二十八日」

我找到的那天的記憶，與至今為止看到的那些書不同，像是被誰故意毀損過似的，封面已經被磨破。

突然一陣恐懼感襲來。那破破爛爛的封面彷彿是在代替我表達那天的情緒，使我害怕不已。但我還是選擇鼓起勇氣，伸出了手。指尖所感受到的紙張磨損，讓我的手開始顫抖了起來。

「……」

我翻開那也許曾是靛藍色，但如今已經褪色的封面，打開了書本。損壞的似乎不只是封面，就連內頁也泛黃老舊，整本書比任何一本都還要沉重。我小心翼翼地翻開感覺隨時會撕裂的書頁，裡面不是至今所見的整齊字跡，而是被較粗的鉛筆隨意塗抹、刮出來的黑色痕跡。

「二〇一六年，二月二十八日」

那天，是媽媽的忌日。

我原以為，面對「準備好的死亡」，自己會更加坦然。

「智媛啊，來，好好聽爸爸說。嗯……媽媽有點生病了，所以要住院一段時間。」

「她哪裡不舒服？怎麼會生病？有嚴重到需要住院嗎？」

「妳排行老大，該知道實際情況，所以爸爸才告訴妳，但不是什麼大事啦，媽媽罹患的是鼻咽癌……」

「癌症？」

「嗯，但醫生說做完化療和放射治療就會痊癒，爸爸會盡可能讓一切恢復正常，不會出任何差錯，妳不用擔心。」

大學聯考考完過沒多久的秋天，我先收到的不是聯考成績單，反而是媽媽罹癌的消息。當時的我並沒有太大反應，畢竟在我十八歲那年，爸爸曾經吐血；十九歲準備大學聯考時，弟弟還為了爸爸做了肝臟移植手術。臟器移植是對捐贈者與接受者來說，都極其危險的手術，但那時的我，無知反而使我免於恐懼不安。所以我真的以為，媽媽會像爸爸和弟弟一樣都健康地重新站在我面前，媽媽所經歷的這場風暴終究也會過去，平安落幕。然而，不幸並不是那麼輕易就能擺脫的。

「應該是放射治療後遺症……媽媽好像有點半身偏癱的症狀……」

懵懂無知的二十歲那年，媽媽就像爸爸所保證的那樣，戰勝了病魔，所以我篤定一切都已回歸正軌，但事實並非如此。

依舊年少的二十一歲那年，媽媽的身體出現了障礙。曾經是那麼自信、聰明又堅強的她，開始躲避人們的視線，一點一點地崩塌。但我依然告訴自己，一切都會好轉，這就像偶爾會夢到的噩夢一樣，沒什麼。我對自己說著謊——只要黑夜過去，黎明來臨，一切都會好起來。

「應該是語言障礙與吞嚥障礙同時出現，今後會無法正常吞嚥食物，面對這種情況，可以選擇在胃部插管來餵食。」

情況只有越來越糟，沒有任何好轉。媽媽戰勝了罕見的鼻咽癌，卻因放射治療後遺症導致左手臂與左腿偏癱，而且隨著時間流逝，舌頭與喉嚨也會逐漸僵硬，最終只能在腹部打個孔洞，以灌食管灌入流質食物。儘管如此，我仍覺得慶幸，因為媽媽還在我們身邊。即便她變得比以前虛弱、比以前更常哭泣、更憂鬱，我仍感激她還在我們身邊。我以為，只要誠心祈禱、持續懇求，就會發生所謂的「奇蹟」。於是，我開始每天夜裡向我根本不信的神祈禱。

請幫幫我，救救媽媽。求求祢，拜託讓我的媽媽能像以前一樣健康起來。

「癌症似乎復發了。雖然還要等病理切片結果出爐才能確定，但現在還是先不要告訴病人比較好。等有了準確的結果之後再……」

到底要再祈禱多少次奇蹟才會出現？到底還要掉落到多深的谷底……我的祈禱才會傳達天庭？我以為自己已經退無可退，卻沒想到，老天彷彿是在嘲笑我的願望般，壞消息每天紛至沓來。

二十六歲的某個深夜，我獨自一人蹲坐在空無一人的巷弄裡，邊哭邊用拳頭捶打地面，打到手都磨破皮。為什麼偏偏是我？為什麼偏偏是我們的媽媽遇到這種事？媽媽一直都是個善良的人，難道是因為我活得太舒服、太享受？我們的媽媽總是與人分享她所擁有的一切，會不會是因為我太貪心才遭受這樣的報應？

這次應該不會吧……這次不會再更糟了……這次一定不能再更糟……拜託，請懲罰我吧。求祢……不要再對媽媽這麼殘忍了。

「癌細胞已經擴散至全身，已經無法再進行治療了。請家屬好好商量是否要讓患者繼續維持生命。若要終止延命治療，請在這裡簽名即可。」

神已死。

無論我怎麼祈禱，我的願望都沒有實現。我遵守當初媽媽身體還健康時的承諾，沒有讓她繼續進接受延命治療。我提筆，一筆一劃地寫下「金智媛」三個字，用媽媽親自為我取的名字來同意她的死亡。

二十七歲那年。死亡並沒有突然降臨。它就像個沒事人一樣，某天打開病房的門走了進來，就像我守在媽媽床邊的日子一樣，悄悄地停留了許久。在它面前，我變得無比渺小，它吞食著我的恐懼，一天天壯大，最後在媽媽的床邊張開了血盆大口。從十九歲到二十七歲，這段整整八年的時間裡，我一直以為自己對這場離別已經做好萬全準備，也想好與媽媽共度的最後時光不能哭，要以堅強的模樣在她心中留下可靠女兒的印象。但我錯了。正因為我內心過分堅硬，才無法彎曲自如，也因為勉強硬撐，才會在最後徹底粉碎。

而這本書，正在證明這個事實。

「呼……」

不管翻頁多少次，結果都一樣。每一頁都像被水浸濕後再曬乾的紙張，皺巴巴的，只有一坨又一坨黑色的痕跡。我就像個忘記自己原本該做什麼的人似的，悵然若失地坐著，用空虛無望的心情翻著書頁，翻到出現新頁為止，翻到那些受潮的頁面消失為止。

「那個，是我剛才說的速寫。」

「速寫……？」

「當妳感受到自己的語言表達到了極限，就會用圖畫代替文字留下。」

女子無聲無息地走近我，與我一同坐在地上。她手裡拿著一盞像露營燈的燈具，以薄玻璃包覆著蠟燭。她背靠書架，呼吸放鬆，雙腳也自然伸直。我望著搖曳燭光下展開的那一頁，書頁上是站在一扇大窗前，背對著我、靜靜哭泣的弟弟背影。

「母親過世那天，妳應該是用媽媽的眼睛在看著弟弟。」

「……」

「妳有努力去理解媽媽對弟弟的掛念。所以才會在妳的詞典裡，找不到適合的單字填補當時的心情……」

她說出口的話像石頭，一顆顆沉甸甸地壓在我胸口上，讓我呼吸變得困難。她手中那盞燭光不停搖曳，害我眼花繚亂，眼皮下掀起波濤。我沒有回應她說的話，而是將滿至喉嚨的疑問拋了出來：

「那這本書……為什麼會皺成這樣呢？」

她把蠟燭燈輕放在右邊的空地上，接著，將身子微微側向左邊，小心地接過我手中的那本書。

「像這種保存狀態不佳的書，是妳最常拿出來反芻觀看的記憶。用紙做成的東西，只要頻繁翻閱，就會沾上手痕、變皺、磨損，不是嗎？換言之，這天的記憶是妳最常、最頻繁回顧的記憶。」

「那這些一坨一坨被塗成黑色的地方呢？」

「記憶會隨著時間流逝而被遺忘、污染、扭曲，在妳腦中已經遺忘的記憶，文字會深黑難辨；而留在妳腦中的記憶，文字則會模糊淺淡。看來妳應該是……很想忘記那天的記憶吧？可是當妳越想忘記，反而就越常拿出來回想。每次回想，就會對記憶稍做修改……就在這樣的過程中，文字的墨水開始暈染、模糊，最終就變成現在這個模樣。」

「記憶會隨著時間而扭曲。我……改變了那天的記憶？」我喃喃自語地說著，女子則是雙手合攏，比出了一個圓形。

「記憶就像雪球，會越滾越大，而且會越來越難以承受。」

罪惡感也是如此。

女子將用手揉成的某個圓團塞進了我的胸口，我就像真的吞下了一顆雪球一樣，感受到一股冰冷的觸感，並且用手輕撫著她剛才碰過的地方，那種異常冰冷刺痛的溫度，使我全身忍不住顫抖。

「這裡……一開始寫的是什麼呢？」

「……」

「然後妳又把它改寫成了什麼？」

「……」

「最後，又留下了什麼呢？」

面對女子堆疊而成的一連串問題，我一句話也回答不出來。她似乎早已預料到我會是這種反應，便一一代我回答。

「我愛妳。」

「……」

「謝謝妳。」

「……」

「然後——」

她像是在說最後的答案應該由我來補上似的，女子將那本書放回我空空的手中，望向我。我翻開所剩不多的頁面，讀出那句模糊不清的文字：

「媽，我真的很對不起妳。」

有一座書櫃上塞滿著沉重與懊悔的書籍，那些大多是在媽媽初次發病後的紀錄，每一本都因罪惡感而呈現著破破爛爛的樣子。有別於其他保持完好的書籍，變得厚重又沉甸的這些書，彷彿隨時都有可能將書架壓垮似的，搖搖欲墜。我從中挑出幾本破損最嚴重的書，然後回到了閱覽室，再將它們放到長長的書桌上，呆呆地注視著那些書許久。

女子說她要去拿些東西，隨即消失在某個地方。我獨自坐在空無一人的閱覽室裡，思索著「起火點」，那場吞噬掉我整個人生的火苗，究竟是從哪裡來的？我要改變什麼，才能避免讓這場火災發生？儘管我裝作不知道、猶豫不決，但其實我從一開始就已經知道答案。在過去的歲月裡，我被罪惡感所扭曲的記憶碾壓著生活，而我真正渴望的，其實只有一個：

媽媽。媽媽的健康。媽媽還活著的現在。和媽媽一起生活的人生。

我拿著女子遞給我的書籤，陷入沉思。三次機會乍看之下很多，但要消除長年壓抑的渴望，機會實在稀少。更何況，時間一旦被倒轉過一次，就再也無法挽回。如果第一次選擇錯了，那剩下的兩次機會也等於沒有。因此，我必須極為慎重地選擇要回到的時間點。我閉上眼，努力回想那段早已變得模糊的記憶。

首先，我開始思考媽媽罹患的疾病。雖然無法阻止疾病纏身，但若能盡可能地在初期就發現，並且及時接受治療的話，將會是最好的辦法。而當時因病情進展迅速，接受了過量的放射線治療也是一大問題，導致後來出現非常嚴重的後遺症，甚至每天上演的「只要撐過這個階段就會好起來」這種不切實際希望，都使得媽媽和我們全家人逐漸枯萎死去。

我從堆疊的書中抽出一本，翻開了它。書背上寫著的日期是二〇〇八年十一月二十三日。

深夜，在返回宿舍的車上，爸爸說：「媽媽得了癌症。」癌症，我反覆咀嚼著這個不常聽到的詞，我身邊沒有人得癌症，所以我以為，這種病比流感還要輕微，因此，既然爸爸都說沒關係了，那應該就真的沒關係吧，我就這麼信了。

那是第一次，我堅固的人生開始出現龜裂的時候。當然，比起媽媽，爸爸其實更早歷經了生死關頭。我只是裝得早熟而已，其實不過是個在溫室中長大的小孩，深信著爸爸不管遇到什麼事都能挺過去，毫不懷疑。

面對媽媽的疾病也是，我以為只要爸爸說沒事，那應該就真的沒事。那就是我生活的世界。但當時爸爸說的話，是謊言。就算我當時已經拿到身分證，即將年滿二十歲，對爸爸來說，我依然只是他想用一生來守護的女兒。而我真正知道實情，是幾年後媽媽已經出現後遺症的某天。

阿姨說：「妳媽那個病啊，要是當初我叫她去醫院檢查的時候就有去的話，就不會變成這樣了。」我問她：「發現的時候不是初期嗎？」阿姨回答：「在那之前，妳爸不是吐血、昏倒，妳們也跟著跑醫院嗎？那時候妳媽就有在醫院大廳暈倒過一次啊，要是那次沒有忽略，好好去檢查一下的話……唉。」

這是在二〇一二年三月十四日，媽媽為了治療偏癱住院時，我和阿姨在院內餐廳閒聊時的對話。我像是在摸索著一筆一劃用力寫下的文字般，一邊用手摸著凹凹凸凸的文字，一邊回想那段對話。原來媽媽的病，不是從我十九歲，而是從十八歲時就已經有了。因此，時間必須回到更早一點，回到十八歲的夏天之前。

我咬著嘴唇計算時間。既然那時是媽媽第一次暈倒，那疾病應該早已在體內發展一段時間了。等到出現症狀才去檢查，就沒有倒轉時間的意義了。那麼，我到底該回到哪一個時間點才好？又該如何、做出什麼樣的行動呢？

媽媽的病，應該是在爸爸吐血後，由於壓力與疲勞累積而迅速惡化的。那麼，只要回到再早一點，十八歲的春天……

當我想到這裡，身體不由自主地動了起來。我終於明白自己該做什麼。當我回過神來，變得開始能聽見之前未曾察覺的黑膠唱片聲。我像是被演奏快速的鋼琴旋律追趕似的，朝不知被收在哪裡的書奔去。我要回到二〇〇七年二月，新學期開始之前。

我已經有多久沒這樣拚命奔跑了？小時候我還夢想過要考體育高中、體育大學，非常喜歡也擅長運動，但是隨著一年一年過去，已經再也沒有任何事情需要讓我氣喘吁吁地跑到心臟快要爆炸的感覺了。我的肺部被一股莫名的期待感撐滿，假如那名女子說的是事實，不是用神祕眼眸和動聽嗓音利用他人的絕望來達成目的的惡質詐騙犯，是真的能讓我回到我最渴望回去的那一刻，我就能救回媽媽，就能再次看到健康的媽媽。

我就像一匹只顧向前奔跑的賽馬，沿著密密麻麻排列的書櫃奔跑。直到某個瞬間，不自覺地停下了腳步。我把頭轉向左邊，發現遠處牆上掛著一幅開滿春天花朵的風景畫。我踏進了由書櫃構成的小巷，兩側排滿的書籍就像是在保護著我。我所尋找的記憶，就在那幅開著黃色野花的畫布角落前方，就在那裡——是二〇〇七年二月五日的記憶。

為什麼偏偏是二月五日？我看著手中的書心想。我明明只有把二〇〇七年二月的某天放在心上，冥冥之中卻像是有人在替我指引方向般，讓精準日期的那天記憶主動找上我，我對此感到疑惑不已。我連忙翻開書，如今已經相當熟悉的字跡，瞬間將我吸入那天的記憶之中。

> 寒假即將結束。聽說高三比高二還要痛苦，啊，真不想開學。雖說是寒假，但也不是整天都在玩，除了星期一以外，星期二到星期六都在補習班補習，有夠浪費時間。應該趁還不是考生前盡量玩才對，但放假那天我唯一能做的，就是躺在自己房間的床上，關上門，盯著天花板發呆。

這段記憶沒什麼特別的。但為什麼偏偏是這天出現在我眼前呢？我翻動著書頁，繼續閱讀那些似乎早已被我遺忘許久的記憶，因為那些文字在書頁上留著深刻的印痕。

房門外傳來吵雜聲。正在客廳看電視的媽媽，突然想起今天下午三點預約了看診，她提高嗓音嚷嚷著自己忘記預約的事。我拿起放在枕頭邊的手機，時間已經指向晚上七點四十分。診所應該早就關門了，我心想，再重新預約就好了，明明也不是第一次忘記，幹嘛那麼大驚小怪。今天又這樣平平無奇地度過了。

我終於明白……為什麼是這天的記憶來找我了。

自二〇〇六年冬天起，媽媽就常說耳朵裡有耳鳴聲。但就像大多數人一樣，她一次又一次地拖延看病。直到時間進入二〇〇七年，她才被半推半就地預約了附近耳鼻喉科的門診。當時的我無法理解媽媽的行為，明明不舒服，為什麼不去看醫生呢？但我也只是這樣暗自心想而已，沒有想到可以直接抓著媽媽的手帶她立刻去看醫生；不，也或許是以補習要補整天為由，不想帶她去看醫生的。在媽媽生病之前，我是個既不會撒嬌又沉默寡言，總是關上門把自己困在房間裡，冷漠、不懂事的女兒。

「好吧，就回到這個時候吧。」

我下定決心，既然媽媽忘了下午三點的診所預約，那我來記住就好。只要回到那個時候，打開房門，拉著媽媽的手帶她去醫院即可。我感覺像是終於解開了一直以來無法破解的難題，暢快無比。我把手中的書抱在懷裡，回到閱覽室。為了取得第一次回到過去的機會，我覺得自己跑了很久，但回到閱覽室卻只是一瞬之間。我喘著氣，把書放到桌上。

「終於找到了喔？第一份記憶。口渴了吧？那裡有水，喝一點吧。」

也不知道女子什麼時候回來的，她早在我之前就坐在閱覽室裡，看著我說道。她彷彿早就知道會發生這一切似的，我看見有一杯水已經放在我坐的位子前。女子用熟練的動作將已播放完畢的唱片收回唱片套中。

「書籤旁的盒子裡，有一只手錶，它會告訴妳要回來的時間，用它來確認時間即可。妳有熟記書店的使用手冊吧？只能在過去的時間停留三小時。找到所需記憶後——」

女子依舊與我保持距離，默默挑選著黑膠唱片，宛如在挑選晚餐菜單般，用淡然的語氣對我說話。我將她為我準備的那杯水一飲而盡，然後坐下，馬上接話：

「請將書籤夾入書頁之間，交給書店經理。」

還沒完全平復的呼吸在我的聲音之間透露了出來。女子聽聞我的回答，才一改先前冷淡的態度，轉頭看向我，滿意地點了點頭。她的瞳孔裡，依然充滿著灰濛濛的烏雲。

第一次旅行

「只要轉動右側凸出來的錶冠，對準妳想要回去的時間即可。記得要清楚區分上午和下午，等一切準備就緒之後，再向我發出信號，我會打開那扇門，當妳跨過門檻的瞬間，時間就會回到過去。」

既然都已經決定要重回哪一瞬間，就不再有任何猶豫。我將書籤插入書中，讓皮繩稍微露出書外，接著，我打開女子給的盒子，確認裡面的手錶。那是一只類比手錶，有著銀色圓框、和書籤一樣用皮革製成的錶帶，錶面是白底的，上面以阿拉伯數字標示著時間。指針下方還有個小小的視窗，顯示著上午或下午的英文字母。我總覺得這款手錶在哪裡見過，有一種既視感，我努力回想自己究竟是在哪裡看過這只手錶——然後，我想起來了。

「喂，這裡都沒有人嗎？哈囉！」

當時，在醫院候診區看到的那名男子，他手腕上佩戴的……！

「有人要死了！拜託……」

儘管我當時和他身處相同地方，但他就像個存在於截然不同空間的人，不能純粹用懇切來形容他那絕望野獸般的咆哮。這只手錶就是他近乎用強迫症的方式在確認的那只手錶。

難道……那個男人也是……？

我用滿是疑惑的眼神看向女子，她只是輕輕莞爾，挑了挑眉毛，沒有多說什麼。

我一邊安撫著快速跳動的心臟，一邊將手錶戴在手腕上。這只錶就像是為我量身打造的一樣，緊緊貼合肌膚，錶帶針也準確地卡進了適當的位置。明明戴起來應該會覺得有點不自然或沉重才對，但這間書店的手錶卻沒有那種感覺。我轉動著手腕，也嘗試往左右、上下晃動，然而，手錶卻始終穩穩地待在我的手腕上。

基於神奇又怪異的心情，我痴痴地盯著顯示著「AM 12:00」的錶面觀看。就在此時，我的身後傳來了女子經過的腳步聲，我瞬間回過神來，連忙站起身，拿起插著書籤的那本書，走向站在門前的女子。她接過我遞出的書本，開始向我說明手錶的使用方法。我確認了女子手中所顯示的那個記憶日期——

「二〇〇七年，二月二日」

然後我開始轉動錶冠，調整時間。直到AM變成PM為止，直到短針指向數字「二」、長針指向數字「六」，表示下午兩點三十分為止。

喀噠。

當我將為了調整時間而拉出的錶冠重新推回去時，馬上聽見了手錶內部零件齒輪咬合的聲音。我轉過頭，看向正在握住門把的女子。她像是接住了我們在虛空中交會的眼神信號，將那條筆直的門把往下壓，然後對我說：

「準備好了嗎？那麼，祝妳一路順風。」

女子的語氣比以往更加溫柔。就在她拉開門的那一刻，我彷彿被吸入一片連波紋都靜止不動的寧靜水面之中，就像在作夢一樣，雙眼自動闔上。從頭頂到腳尖，彷彿都被倒轉的時間所吞沒。就在那一瞬間，如幻似真，我耳邊響起了「撲通」一聲落水的聲響。我的身體頓時感受到一股與體溫相同的暖意，使原本緊張僵硬的身體如水彩染料般緩緩暈開。就這樣，我一點一點地融進了過去的時間。

一片漆黑。

在微微闔上的眼簾之下，視野裡只剩一片黑暗。我趁睜開眼睛前，先試著慢慢動了動手指。喔，還能動。當我嘗試動每一根手指，甚至能感受到手掌下方柔軟的觸感。我懷著怦然的心情，小心翼翼地睜開眼皮。隨著漆黑的世界逐漸轉白轉亮，模糊的視線逐漸對焦。喔，終於看見了。我好像終於知道自己把錨拋在了哪裡。挑高的天花板，久未彈奏、積滿灰塵的鋼琴，獨自矗立的書櫃以及向一旁延伸的書桌，橡木色的椅子，還有那台曾經夜夜陪伴我的四方形音響。這裡，是我原以為永遠無法回到的地方——我的房間。

我用腳使力，讓躺在床上的身體坐了起來。突然猛地抬起上半身，不禁感到一陣暈眩。我坐在床邊，再次環顧四周，映入眼簾的是無比熟悉的景象，就連滲入鼻腔的空氣味道都十分熟悉。這裡，果真和以前一模一樣，是我的房間。

我感到胸口一陣翻湧。好不容易動起身子，站到那面沾有指紋的鏡子前。當我看見鏡中的自己，忍不住潸然淚下。因為鏡子裡站著的，是毫不知情、沉浸在幸福裡、天真爛漫、單純到近乎傻氣的我。女子說的全是事實。我正在以十六年前——也就是十八歲的模樣，存在於這個地方。

我用手背擦拭微熱腫脹的眼角，站到緊閉的門前。只要打開這扇門，只要推開它，走出去……我就能看到媽媽，那個成了我一生內疚與讓我深感罪惡的媽媽，當我一想到這裡，呼吸便變得急促。我的手隨著時間流逝漸漸變得冰冷，我用力握住門把，與其說是握住，不如說是掛在門把上更為貼切。急迫的心情，導致我每根手指關節都在劇烈作痛。我努力調整呼吸，深吸一口氣，再吐出，刺痛的指尖也漸漸找回安穩。然後，我就像是下了極大的決心似的，把所有力氣凝聚在手心，推開了那扇門。

「啊……」

我一次又一次的睜開眼、闔上眼，硬是把動彈不得的雙腳踏出門外，也依舊沒有從夢中醒來。原來，這一切真的變成了現實，我回到了過去。眼前的主臥室房門、視線所及的寬敞客廳，還有和我記憶中的模樣一絲不差的廚房，它們都沒有像一盤散沙消失無蹤，反而清晰地留在原地。

「媽、媽媽……」

我像個剛學說話的孩子般，生澀地呼喚著「媽媽」。光是說出這兩個字，就讓我的心臟劇烈跳動。雖然過去也曾與記得媽媽的人聊起她、說過這兩個字，但將「媽媽」一詞嵌入在眾多語句之中，與親口喊出來是截然不同的分量與意義。我又朝著空無一人的客廳，再次喊了那兩個字。

「媽，媽媽？妳在哪裡！」

奇怪。我明明穿越了時空，可是怎麼感覺不到任何人？連那常見的類比手錶也在一格一格地走著自己的路，都已經過了三小時當中的三分鐘。

可是沒有任何人。明明回到對的地方啊，到底為什麼……

「媽！」

我快步穿過客廳，打開浴室的門，那裡也不見媽媽的蹤影。我轉過身，又檢查了一遍弟弟的小房間，可那裡也一樣空無一人。難道……媽媽出門了？還是……我錯過了書中的某一頁沒有讀到？

我奔向不知從何時起有點故障會發出嘎吱聲響的隔間門，一把用力拉開，然後映入眼簾的是三台並排而放的腳踏車，以及雜物堆所飄散的陳年灰塵味迎面而來。這段時空背景早已過去多年，我也早就忘光了一切，無法僅憑玄關那幾雙鞋子來判斷媽媽的所在位置。我癱坐在原地，抱頭抓髮。果然，失去過一次的人，無法再相見嗎？那麼，我回到這裡，究竟是為了什麼……？

「哎喲，金智媛！媽媽都快被妳喊到爛了，別再喊我啦～」

就在這時，我從背後感受到日日夜夜朝思暮想的那股氣息。不，那不是氣息，是奇蹟。我的雙腿早已失去力氣，蹲坐在地的身體也往一旁傾倒。淚水逐漸湧現，視線也變得模糊，耳邊響起了調侃著我的熟悉聲音：「哎喲～哎喲喲？妳這孩子，在幹嘛啊？」我一聽到那個聲音，心裡的委屈便一下子翻湧而上，於是直接蜷起身子變成圓形的狀態，把臉埋進生硬的木地板上。那是因放射線治療後遺症導致聲帶受損而多年未再聽見的媽媽的聲音——隨著時間推移，舌頭逐漸僵硬、連發音與進食都變得困難，只能靠手機簡訊或寫字才能交談的媽媽——她正在清楚地喊著我。我聽著她說「妳這孩子，在幹嘛啊？」句子裡還參雜著笑意，我都還沒抬起頭來看她，眼淚就已經先奪眶而出。一滴滴落在地板上的淚珠，留下了圓圓的痕跡。但我不能就這樣抬起頭，因為我想起了那名女子對我說過的話——

「如果妳在那段時間裡做出和平時不一樣、那個時期的妳不會做出的舉動，妳就會需要花很多時間向眼前的人解釋為什麼會這樣。還記得吧？妳所擁有的時間只有三小時，務必要記住，時間可不會等妳。」

不要哭。即使是在別人面前，就算是自己的父母面前，我也從不流淚。要是這樣的我，突然讓媽媽看到我哭的模樣，就難以解釋了。我一邊用衣袖的邊角把滿臉的淚水和鼻涕擦拭乾淨，一邊暗自下定決心：無論發生什麼事，在媽媽面前，我一定要裝作若無其事。

「媽……妳去哪裡了啊？」

我抬起頭，撐起原本蜷縮的身體。為了掩飾因血液倒流而通紅的臉，我盡量緩慢地轉過身去，所幸媽媽正對著鞋櫃上的鏡子在看自己。她的側臉看起來十分健康，這畫面不禁讓我哽咽。我為了強忍淚水，鎖緊喉嚨，導致說話時混雜著金屬般的嘶啞聲，但媽媽似乎還沒察覺我有任何異狀。

「我在主臥房裡的浴室啊，都已經第三天了，便祕問題還是沒好，是不是該吃點藥啊？」

也許是已經很久沒染髮了，我看她把頭髮往後撥時，髮絲之間露出了幾縷白髮。我想起她曾說過，自己是遺傳到外婆，很容易長白頭髮，然後抱怨怎麼都沒遺傳到好的部分，只遺傳到麻煩的部分。想到這些，我才終於笑了出來。明明是每天都像穿梭在生與死之間的地獄般生活，但媽媽現在所擔心的，竟然只是連續三天都無法解決的便祕問題，以及重新冒出的幾根白髮而已。這時，從我嘴裡吐出那不知是哭還是笑的反應，或許是最自然不過的事了。

我沒有勇氣直視媽媽，只好繞到她身後，默默抱住了她。好在她的身高比我矮八公分，我的額頭正好可以往下靠在她那嬌小的肩膀上，很是溫暖。我彷彿聽見了無聲的時鐘指針在滴答作響。我可以做到的。我一定能救她。我們可以回到現在這個樣子，重新來過。我像這樣在心中反覆默唸，抱住媽媽的手臂也變得有些用力。

於是，我開口說道：

「媽，我們去醫院吧。」

醫院候診區充滿著等待看診的病患。整棟大樓都是醫療中心的這家醫院裡，唯獨只有耳鼻喉科人滿為患。不過，這也是理所當然的事，因為當初最先發現媽媽罹癌，甚至連復發也是由這家醫院的院長診斷出來的。

我盯著螢幕上病人們的名字一個接一個減少，不由自主地抖著腳。坐在一旁的媽媽似乎是看著我不停抖腳而感到煩躁，她拍了我的大腿一下，然後低聲地對我說：

「別再抖了，看得我心煩。」

「……」

「不過，妳是怎麼知道今天有醫院預約的？我早就忘得一乾二淨了。」

「啊？喔，妳之前不是說過嗎？妳說妳自己可能會忘記，叫我要記得。」

「我有說過嗎？哎喲，完蛋了，怎麼現在就這樣忘東忘西的，要是哪天變得跟妳外婆一樣得了失智症怎麼……」

「哎喲！媽！妳幹嘛說這種話！」

「哎呀，嚇我一跳，幹嘛突然大聲嚷嚷？大家都在看我們。我就只是說我很擔心嘛，畢竟家族病史這種東西是很可怕的啊！」

「要小心一語成讖啊……！那種話根本連說都不該說。」

媽媽聽完我說的這句有如破碎玻璃般尖銳的話語，用力地拍了一下我的背，然後緊張地環顧了四周。我因為一下子成為眾人目光聚集的焦點，尷尬地避開了媽媽的視線。什麼都不知情的媽媽，對於我這樣小題大作感到困惑，因為如果是平常的我絕對會輕鬆帶過，今天的我卻格外敏感，她感到不尋常地望向我，但我始終沒有與她眼神交會。

我的心臟感覺快要炸開，儘管穿過寒風從家裡走來這間醫院，我還是很努力地想要再多看媽媽的臉一眼，插在羽絨外套口袋裡的手也蠢蠢欲動，只因為想牽住媽媽的手。為什麼當初的我總是以噁心、害羞為由，和媽媽保持距離單獨走呢？要是我有對她再熱情一點就好了，再溫柔一點，那麼，重新再見到她的時候，或許就不會這麼難牽起她的手了……

我第一次和媽媽牽手、挽著她的手臂，甚至一起裸著身體洗澡，都是從她半身偏癱之後才開始的。而且並非出於自願，是不得不這麼做。因為媽媽需要一個像拐杖般能扶著走路的人，她已經無法再獨自洗澡了。

我原本面朝醫院出入口，後來我轉過頭來，靜靜看著媽媽的側臉。她的短髮整齊地塞在耳後，很適合她；她那優雅的鵝蛋臉形也很漂亮；穿搭品味更是向來出眾，比其他媽媽還要時髦。我慢慢掃視著我沒有遺傳到的眼睛，以及像她的鼻子與嘴唇，最後，我的視線停留在她整齊擺放在雙膝上的兩隻手背。

白皙的手背肌膚浮現著青綠色的血管，比我最後一次看見時更加緊緻，看不出歷經千辛萬苦。在那手背下方若隱若現的，是一雙運動鞋，而運動鞋上，則是牢牢繫好的鞋帶。

鞋帶……

我感到有些陌生，因為自從媽媽偏癱之後，就只穿不用繫鞋帶的鞋子。她的腳只有二十二點五公分，小小的身高搭配小腳，穿成人的鞋或童鞋都偏尷尬，好不容易才找到一雙合適的鞋款，也一直只穿著那一款鞋子。所以我看著她穿著有鞋帶的運動鞋、溫暖柔和的灰色羽絨外套而非病患服，感到既熟悉又陌生。

我在經過一番猶豫之後，終於伸出手，輕輕蓋在她的手背上。她曾經帶著玩笑語氣說過：「要好好感謝遺傳到我白皙的皮膚啊～」這句話如今還言猶在耳，是啊，沒錯，我就是遺傳了媽媽，即使在半夜，皮膚也像開著日光燈般白皙；我的膚質也像媽媽一樣柔嫩，手臂上也沒有一根雜毛，光滑細緻。

短短幾秒內，無數回憶閃過我的腦海，也是在那短短的時間裡，這對如此相像的手，終於重疊在了一起。

「媽，妳不覺得我的手有點冷嗎？這裡暖氣是不是不太夠啊？好冷喔。」

我擔心媽媽會用驚訝的表情問我：「今天怎麼突然主動牽我的手？」於是連忙先說出這句話，但顯得不太自然。媽媽把原本放在膝蓋上的雙手抬起來，充滿愛憐之情地包住我伸過去的手，說：「所以我不是一直叫妳不要吃那麼多冰的東西嗎？對女生來說，吃冰可是很傷身的啊，媽媽都說幾百遍了，妳還整天嘴裡含著冰塊……」責備的語氣中，夾帶著濃濃的關心。她摩擦我的手心、手背，把冰冷的肌膚慢慢焐熱。她那覆蓋著我的手，溫暖不已。如此簡單的事情，明明可以這麼溫柔的觸碰，我當初為什麼不曉得？為什麼那麼愚鈍，以為會和媽媽永遠在一起？

我又感到一陣鼻酸，眼眶也微熱酸澀，乾咳了一聲，卻感受到一股擔憂的視線落在我低垂的後頸上。媽媽問：「怎麼啦？還好嗎？」我故意誇張地點點頭，裝作沒事。

「李妍希小姐，請進診間。」

幸好時間沒再拖延下去。醫院的診療總是如此，排隊排到早就過了預約時間，時鐘早已指向三點二十五分。聽到媽媽名字被叫到的那一刻，我抹了抹濕潤的臉頰，催促媽媽說：「沒事，我們趕快進去吧。」

「妳也要一起進來？」

「嗯。不行嗎？」

「也不是不行啦……只是今天怎麼反常，突然要陪我一起進去？」

「就……因為坐在外面很無聊啊。」

「是嗎？好吧，那就一起進去吧。」

我跟著媽媽離開那張坐等許久的椅子，準備踏進診間，媽媽卻睜大眼睛問我。這也難怪，因為如果是以往的我，絕對是坐在外頭滑手機、玩一些無聊的遊戲，但現在不同了。當我跟隨她走進診間，我在心中默默又做了曾經說過再也不會做的禱告：「求求祢，讓我這次的選擇是對的，讓我們現在、在這裡，就能發現媽媽的病。」

人生，真的是充滿矛盾。為了阻止媽媽的死亡，我竟然在祈求發現媽媽生病，還有比這更荒謬的願望嗎？我伸出舌頭，舔了舔乾裂的嘴唇。冬天的乾燥加上過度緊張，讓我覺得唇角隨時都要裂開、流血。

「李妍希小姐，身體哪裡不舒服呢？」

醫生看著坐在診療椅上的媽媽問道。媽媽開始詳細說明最近的各種症狀。從那一刻起，我的耳朵就再也聽不見任何聲音了，只有我內心不斷在懇切祈禱的聲音，以及從左胸深處開始湧現，像打著大鼓般震耳欲聾地敲擊著耳膜的心跳聲，主宰著我全身的感官和神經系統。

「醫生，我這陣子耳朵裡一直有水流出來，還會耳鳴。」

媽媽說她從小耳鼻就很脆弱，所以非常不喜歡下水。但是隨著我和弟弟上了國中，開始學水上滑板之後，媽媽為了陪我們，硬是學了她一向害怕的游泳，還跟我們一起泡進河水裡玩耍。每次下完水之後，她的鼻孔和耳朵裡都會流出像膿液一樣的黃水。所以，其實那時候我就該阻止她了，為什麼要強求不想下水的她，告訴她「只有一開始會怕，嘗試過就不怕了，多練幾次就會進步……」我看著那些讓媽媽痛苦不堪、被放進臉部裡的檢查儀器，咬緊牙關，然後心裡反覆安慰自己：「現在，只要現在能檢查出來，一切都來得及，都能挽回……」

「嗯……」

我的耳朵像是在搭飛機時那樣，傳來一股悶悶的白噪音——候診室裡小朋友們的吵鬧聲，診療室對面的治療室裡傳來的呼吸器治療聲，醫生放下金屬檢查器具時發出的莫名嘆息聲，接著是滑鼠快速點擊的聲響，還有敲打鍵盤的聲響。

時間彷彿被拉長了。白色螢幕上記錄著一連串看不懂的單字，對於我這個沒有醫學知識的人來說，就只是一些胡亂拼湊的英文字母罷了。我呆呆地望著身穿白袍的醫生背影，心裡開始快速盤算：「要是沒有查出媽媽有病狀的話怎麼辦？現在得先發現異常，我才能說服媽媽去大醫院接受檢查啊……」她總是願意為家人做出任何犧牲，但只要關係到她自己，一聽醫生說沒什麼大礙，就會堅決不去大醫院接受進一步精密檢查。我懷著忐忑不安的心，看了手錶一眼，已經是三點四十五分了。我能夠停留在這裡的時間，只剩兩個小時都不到了。

「李姸希小姐。」

終於，醫生再次呼喚媽媽的名字，而我早已非常熟悉這個聲音的溫度接下來會說什麼。

「我建議您，還是去更大的醫院做精密檢查比較好。」

「為什麼？是有什麼問題嗎？」

「在鼻咽部位有看到可疑的腫塊，不過詳細狀況還需要做組織檢查才能確認。

我會幫您開診斷書，請您再盡快安排後續檢查。」

與過去那些我聽過的其他醫生說的話相比，這位醫生的語氣明顯更有考慮對方的感受。然而，即便倒轉了十六年的歲月回到這裡，媽媽的癌細胞依舊潛伏在她的身體裡生長著，這是讓我感到後頸發涼的事實。我回想不久前那個在心中不停祈求「拜託一定要發現異常」的自己，我原以為，只要醫生說出那句「需要去大醫院進一步檢查」，我就會感到開心……可是，沒有。原來就算早一點發現，地獄也不會就此變成天堂，可惜我太晚才明白這件事。

拿到診斷證明書以後，返家的路上，我和媽媽一句話也沒說。照理來說，如果是以前的我，大概會問：「媽，那妳什麼時候要預約大醫院做檢查？再大一點的醫院是指大學附設醫院那種嗎？要做組織切片檢查是為什麼啊？」一路上應該會斷斷續續地丟出這些涉世未深的問題才對，但現在的我，是三十四歲的我借用了十八歲的身體，所以早已全部明白醫生所說的每一句話。

「……」

「……」

每次走上走下時，總會抱怨「這天橋真沒用」的媽媽，依舊自然地和我保持一段距離行走。但對於已經走過後面人生時間的我來說，和媽媽這樣子保持距離行走反而更陌生，因為我更習慣的是——撐住媽媽往一邊偏斜的身體，用眼睛看她說話而不是用耳朵聽她說話，然後不停地說些有趣的話逗她開心。我望著媽媽那沉默不語的側臉，半個字也說不出口，只能像魚缸裡的金魚一樣張合嘴巴。

媽媽現在在想什麼呢？仔細想想，我根本不知道媽媽是怎麼得知自己生病的，也不知道她是如何坐在那冷冰冰的診間裡，聽著穿著一身潔白醫師袍的醫生，說出那幾乎等同於死刑宣告的話語。我只是透過爸爸得知，媽媽在住家附近的診所得到醫生的異常診斷，然後去大醫院一查，就說是得了這種病，僅此而已。我怎麼能如此漠不關心？為什麼我沒有任何納悶懷疑，也沒有提出任何問題？

一切的一切，都讓我覺得是我的錯。如果我是一個更貼心的女兒，如果我對媽媽多一點關心、細心，或許就……

這種念頭一個接著一個，不斷纏繞、反覆糾結，使我頭痛欲裂。我再次告訴自己：「我可不是為了背負這些罪惡感、重複後悔，才獻上我的餘生重回這裡。」然後我又想起了女子說過的話：「罪惡感就像雪球，會越滾越大，而且會越來越難以承受。」我收起悲慘無望的心情，決定重新專注在我能做、我該做的事情。

「我回家後上網找找看醫院的電話號碼吧。」

「妳找？」

「嗯。」

「妳知道哪一間醫院是『大一點的醫院』嗎？」

「就是三級醫院[2]吧？我知道啊。」

「妳怎麼會連這種事情都知道？」

「看醫療連續劇的時候都會出現啊。而且現在網路上什麼資訊都有。」我話題一轉：「不過，媽，今天真的好冷喔，早知道還是搭車來了……我們今天晚餐要吃什麼呀？」

時間沒有停止，依舊流逝。現在已經是下午四點十五分。醫院實在是一個奇異的空間，彷彿會同時吞噬人的時間與精力。而我接下來所剩的時間，也不過只有短短一小時十五分鐘。我故作輕鬆地說話，希望媽媽的思緒不會像我一樣愈漸沉重，於是，我湊近她身邊，明明只是把原本遙遠的距離拉近而已，卻能從她的身體感受到溫暖，讓我整個人都暖了起來。

難道不能就此停留在這裡嗎？我望著分秒不停、總是往前衝刺的手錶秒針，最終只能無力地承認——我能做的，不過是幫媽媽預約醫院掛號罷了。儘管我早就心知肚明，自己能做的只有讓媽媽盡早發現病情、趕快去看醫生，不要有所耽誤，但是只要一想到在那人人都生重病的大型醫院診間裡，媽媽也許會獨自一人面對那名為「癌症」的可怕診斷，就感到眼前頓時一片漆黑。於是，我在這裡該做之事清單上，又加了一條「打電話給爸爸」，拜託他一定要陪媽媽一起去醫院看醫生，就如

❷韓國的大學附設醫院或大型綜合醫院。二級醫院指小型綜合醫院，一級醫院則是指一般的小診所。

同過去媽媽也是陪他來回醫院那樣。

「媽媽。」

「嗯？」

我看著以幾秒之差錯過的電梯，數字顯示從二樓變成了三樓，然後叫了媽媽一聲。她表面上裝作若無其事，但內心似乎並不平靜，她的雙手深深插在羽絨外套的口袋裡，並傳出紙張搓揉的窸窣聲。我走到她的左側，因為她是左撇子，然後把我的手伸進了她的外套口袋，果然，我摸到把診斷書握在手裡的拳頭。我像先前在醫院時一樣，再次以天氣為藉口，輕輕地握住了媽媽的手，然後對她說：

「沒事的，不會有事的，別擔心。應該不是什麼大問題。」

正當我幫媽媽預約到最近的看診日期，然後打開早已陌生的摺疊式手機準備打電話給爸爸的那一瞬間，我猶豫了……

那個尤其漆黑的秋夜，爸爸第一次向我提起媽媽的病情時，他當時的心情……會不會也和我現在一樣呢？即使媽媽尚未被判定是癌症，只是要傳遞「說不定」是癌症的醫生推測，就已經讓人難以按下通話鍵。我該怎麼開口才好呢？在如今完全顛倒的我和爸爸的角色中，我該用什麼方式向他傳達這份不幸的消息呢？

我下意識地摸起音響。這台音響只要打開電源，每個按鈕便會亮起淡藍色的燈光，我一直都很喜歡它。如今回想，當年爸爸第一次向我坦白媽媽生病的那晚，我們坐在車內，也是這樣充滿藍光。儀表板上的燈，在雨夜中顫抖閃爍；爸爸的聲音則是努力維持冷靜。其實，那時候的爸爸，可能一點也不是「沒事」，只是膽小的我想那樣認為罷了。當時應該有別於我扭曲的記憶，他並沒有面無表情，也沒有展現冷靜。

那時的我，只是拿著「未成年」當擋箭牌，把所有的重擔都扔給爸爸，自己則是選擇逃掉。但現在的我終於明白，其實大人也不是面對任何事情都能處之泰然的，反而正因為是大人，才會更感到恐懼。

這次，輪到我鼓起勇氣了。我用力按下「通話」鍵，焦慮地等待電話信號音響起，另一隻手不停把玩著遙控器，直到爸爸的聲音從話筒裡傳來為止。戴在手腕上的手錶時間不停流逝，可那一聲聲的信號音卻有如時間停止般漫長。我的心跳越來越快。關著的房門外，傳來媽媽在廚房裡正忙著準備晚餐的聲音。啊……對了，我想過如果能回到過去，一定要好好再吃一次媽媽煮的飯。可現在是下午四點四十三分，五點半就得離開這裡的我，已經吃不到媽媽煮的那頓飯了。

「喂？爸爸？是我，今天媽媽她……」

媽媽不用電子鍋煮飯，而是使用壓力鍋。「喀啦」一聲，她蓋上壓力鍋蓋並且鎖緊的聲音，從狹窄的門縫間傳了進來。與此同時，貼在我右臉頰上的手機也從電話另一頭傳來了爸爸的聲音。我就像個演員，用早已準備好的劇本演戲，把反覆在腦海中排練過無數次的台詞一句句說了出來。爸爸沉默了片刻。然後和往常一樣地回答：

「爸爸會自己看著辦，智媛妳不要太擔心。」

「知道了……我相信爸爸。你一定要陪媽媽一起去醫院喔。」

三十四歲的我，像口頭禪一樣地對著他說：「爸，我現在已經不是小孩子了。以後有什麼事，拜託你也和我、智厚商量一下嘛。」爸爸總是喜歡用對待小孩子的方式對待已經長大的我和弟弟，所以我們時常扯高嗓門爭執，那樣的日子已經多到數不清了。但即便如此，我依然只是一個想躲在爸爸庇護下、長不大的孩子。「爸爸會自己看著辦。」「不用擔心。」諸如此類的話，就像鎮定劑一樣撫慰了我不安的心。

我掛斷電話，走出房間，望向擺放在客廳一隅的全家福照片。那是我小學時，全家一起去濟州島拍的。後來，隨著我和弟弟長大成人，總是嚷嚷著那張照片太舊了，應該找個時間重新拍一張；我們也曾約定過，等到因工作出問題而被迫分開生活的爸爸回家，一定要再一起拍一次全家福。只可惜，我們最後沒能實現那個約定，導致那張一九九七年拍攝的照片，成了我們最後的全家福。

「媽，妳在做什麼？」

我走進廚房，將下巴輕輕倚靠在媽媽的肩膀上問道。有別於她那雙忙碌不停的手，她語氣平淡地回答我：

「還能幹嘛？煮晚餐啊。」

原來我的不擅言詞、沉默寡言是遺傳自媽媽。

「怎麼了？想吃什麼嗎？」

包括這句話背後隱藏著的脆弱與柔軟的心。

「沒有啦，我吃什麼都可以，只要是媽媽做的，我都喜歡。」

「妳這孩子怎麼今天一直說些平常不會說的話啊。」

「媽，那個……」

「哪個？每天說那個那個的。」

「我們家的那張全家福，會不會太舊了啊？」

「全家福？怎麼了？」

「都已經超過十年了啊，媽媽跟我都矯正了牙齒，樣子也變很多了耶。」

「是嗎……？媽媽倒是沒發現，也不覺得有太大差異……」

「可是，可是我還是想再拍一次，我們重新拍一次吧！」

「好啊，反正妳跟智厚現在都已經是高中生了，的確也該重新拍一張了。」

「喀嚓喀嚓喀嚓喀嚓——」壓力鍋的洩壓閥一邊搖晃一邊發出響亮的聲音，在瓦斯爐上冒著白煙，飄散著香噴噴的米飯味。我從背後環抱身穿圍裙的媽媽，聞到了混雜著米飯香的身體氣味——如今早已從我記憶中抹去、消失無蹤的那種氣味。

在我初次得知「記憶書店」所扮演的角色時，我認為沒有比這更完美的保存方法了。但我錯了，書本根本無法保存氣味，無法保存觸感和體溫。我把臉埋進了媽媽的後頸，深深地吸了一口氣。即使不看時鐘，我也知道，離別的時間就快到了。

「媽媽。」

「怎麼了？妳又無聊喊我啊？」

我又叫了一次那個名字，媽媽。媽媽。媽媽。然後，腦中又浮現那名女子說過的話——

「如果妳在那段時間裡做出和平時不一樣、那個時期的妳不會做出的舉動，妳就會需要花很多時間向眼前的人解釋為什麼會這樣。還記得吧？妳所擁有的時間只有三小時，務必要記住，時間可不會等妳。」

賦予我的三小時已經全數用盡，所以，應該沒事吧，就算說一些平日從來不會說、需要耗費多時解釋的那些話，應該也沒事吧。

我將這段話的後續辯解，託付給三十四歲的我離開後，繼續留在這裡的十八歲的金智媛。雖然妳不會記得這段我曾經借用過的三小時，但我還是有一定要說的話，所以假如媽媽面帶狐疑地問妳為什麼突然這樣，就得由妳來想辦法說服她。

「媽媽。」

「哎喲，這孩子今天到底怎麼回事？」

她似乎終於嫌我麻煩，掙脫掉我的懷抱，轉過身來看向我。我感受到自己正在一點一點地從這個世界消失，於是，我看著她，對她說：

「我真的，非常愛妳喔。」

下坡路

回來的路並不遠，我只是短暫閉了一下眼睛，重新睜開時一切就像一場夢一樣，簡單地從幻想中甦醒，發現自己坐在堆放著好幾本書的亂糟糟閱覽室裡。

我從指尖消失的溫度感受到現實感。環顧四周後發現，原來一切都沒有變。那個在每個需要的瞬間總會出現在眼前的女子，也沒有和我在同一個空間裡。我的心臟像是被抽空了血，只剩下令人毛骨悚然的寂靜。曾經像白噪音一樣停留在空氣中的唱片聲，也不知在何時停止了。我像喝了烈酒般，陷入恍惚與發呆之中。和普通人的臉頰一樣紅潤的媽媽、朝思暮想的聲音、調皮的語氣、嬌小的身體與溫暖的體溫等，諸如此類的細節都還在我的記憶中清晰可見，但是伸手已經碰觸不到任何東西。這裡，徹底只剩下我獨自一人。

「該先做什麼才好呢？」過了許久，我心中才浮現這個疑問。我是獻出自己的餘生穿越回過去的，而之所以選擇這麼做，一定有其原因，因為有想要改變的事情。這時，我突然像出門前忘了關瓦斯的人一樣，從椅子上跳了起來，開始翻找散落一地的書本。要翻開哪一天的記憶，才會知道答案呢？最終，逐漸恢復清醒、思考有用之事的腦袋，開始催促在空中胡亂揮舞的手，以及急切搜尋的雙眼。

「沒錯，就是那天。」沒有比那天更確鑿的證明了。我抓起一本滿是記錄著我的愚蠢悔恨與罪惡感的書。書背上寫著的日期是：二〇一六年二月二十八日——那是我回到過去之前，媽媽的忌日。

我默默注視著那本闔著的書封，書本依舊破損不堪，就像被人狠狠踐踏過一般。但我無法斷言，它的內容依舊與從前一樣，因為我已經為了阻止媽媽的死亡而回到了過去，並在那段時間裡，留下了足夠多的餘地產生奇蹟與希望。因此，內容可能已經不同了。未來、現在，甚至過去，很可能全都改變了。我急切迅速地翻開了那本書。

「……」

我看著被剖成兩半的書，頓時語塞。那是一本宛如多次被水浸濕又晾乾的那種皺巴巴書籍，映入我眼簾的則是一幅熟悉的圖畫——是弟弟，智厚的背影。

這是怎麼回事……？什麼都沒有改變，一切都沒有改變。一種令人不安的心悸，在胸口爆發開來。不是說可以改變嗎？不是說可以扭轉一切嗎？結果全都像謊言一樣，非常清楚地依舊如初。

「一定是……出了什麼錯。」

這不可能是真的。

那一刻，湧上心頭的並不是失望，而是恐懼。我雙眼失焦，像是在對自己施咒一樣，一遍又一遍地喃喃自語：「不是這樣的……一定是哪裡搞錯了……」儘管如此，緊握在我手中的那本書，也依然沒有發生任何魔法般的改變。

啊，對了！這一定是改變前的記憶，改變後的記憶一定是被存放在其他地方。當我想到這裡，我那癱軟無力的雙腿重新踩上地面，開始搖搖晃晃地向前走去。直到那時為止，我都還沒意識到媽媽的名字、生日和忌日刺青仍留在我的手臂上。

這裡的空間儘管不像迷宮那樣錯綜複雜，但還是無邊無際。我越走越深，往書店的深處走去，去尋找那個宛如海市蜃樓般消失無蹤的女子。在這座空間遼闊、天花板挑高的空間裡，我就像一艘被捲入風暴中的小帆船，完全不受自己意志的控制，不停地被推著向前。我被那說不清也道不明的恐懼所吞噬，不停地原地打轉，搞不清楚自己身在何處。

可能書店也看我這樣子實在太愚蠢，最終，引導我來到了那名女子的所在地。我抵達的地方，是在近乎潔癖、井然有序排列的書櫃後方所出現的無秩序、混亂不堪，宛如一座大型的書堆墳墓。

「喔？妳來了啊？等我一下，我馬上出去。」

女子的聲音從看不見盡頭、堆得密密麻麻的書堆之間傳來。我緩緩望向四周，從左右兩邊的牆到拱形的天花板，以及一排排奇形怪狀的書櫃與不規則形狀的書本。這裡就像是在如實吐露著我混亂的內心一般，比起在整齊劃一、一塵不染的空間裡，我反而在這種雜亂不堪的地方更感到心安，因為這會讓我覺得，不是只有我一個人愚蠢，也不是只有我一個人**崩壞**，這種莫名的「同類意識」，能讓我空蕩蕩的內心被填滿。

那裡堆滿著形狀、厚度、大小全都不一的書本，像塔一樣層層堆疊。我循著女子的聲音，在書本縫隙間小心翼翼地穿行，最裡面還聳立著一座不知道為什麼會存在的螺旋階梯。我強忍著快要哭泣的哽咽聲，只期盼快點見到那名女子。

「這裡平常是隨意放著的空間，但我想說也許有些東西智媛小姐妳會需要，所以在整理中。不過……我發現這還滿需要花時間的耶，書實在是太多了。結果，妳的第一次旅程如何呢？有順利得到妳想要的東西嗎？」

從書堆後方現身的那名女子，身上不知沾了多少灰塵，原本黑色的夾克甚至看起來像灰色。我望著她那彷彿什麼事也沒發生、淡定至極的表情，感覺到自己胸口忽然猛烈跳動。

「好像……出了點差錯。」

「出了什麼差錯？」

「這裡……這裡，沒有變。什麼都……沒有任何改變。」

從我手中滑落的那本書，是記錄著媽媽最後身影的書籍。

「呃……所以，這應該是改變前的記憶，而被我改變過，也就是我回到過去改變的那些事，應該是被記錄在別的地方，對吧？因為這不是我出發展開時間旅行的那一天的紀錄，所以，那天的紀錄一定是在某個地方……而改變後的結果，一定也是保存在某個地方……對吧？在哪裡？在哪裡啊？快告訴我，我想找到那些改變後的記憶，我想知道到底改變了什麼。啊，如果妳不能幫我找，那就請妳告訴我放在哪裡，我可以自己去找。」

還來不及好好整理、沒頭沒尾脫口而出的那些話，就連我自己也不曉得究竟在說什麼。但僅僅是她那毫無表情、直視著我的眼神，就已經足夠讓我整個人陷入極深的恐懼之中。

「沒有任何改變。」

「……」

「那本紀錄並沒有錯。妳的媽媽，的確是在那天過世了。」

為什麼？為什麼結果都沒有變呢？我無法理解。應該說，我不能理解，不，是我根本不想要理解女子所說的話。

「妳不是說可以改變嗎……？不是說只要改變過去，就能讓死者起死回生嗎？難道……一切都是騙人的？我……我是真的照妳說的去做，我盡了全力，為了改變過去，為了讓一切不再一樣，結果竟然……什麼都沒有改變？呵呵……妳讓我看到的那段過去……是真實的嗎？我想要的，就只有一件事：找回媽媽，讓她……重新活過來，僅此而已。可是相信妳的代價竟是……好不容易得到的希望的代價……竟然只是這樣？」

我潸然淚下。悲傷與委屈之情沿著食道湧現，感覺喉嚨就像卡著硬物一樣。我全身顫抖，雖然從來沒有完全相信這個古怪又讓人不舒服的書店主人，但當我真的回到過去、真的再一次見到媽媽還活著的模樣時，一切竟那麼的真實，真實到我不得不相信，也是我真的很難得相信了所謂的「希望」。我曾祈願，能夠發生奇蹟，但最後什麼也沒發生。這名女子說的一切全都是空話，她用一副誠懇的面孔，說著精心編造的謊言，只是在嘲笑捉弄我而已。就像那些專門利用民眾迫切之心的詐騙集團或邪教團體，她利用我內心僅存的那一絲絲希望與期待，將它們徹底粉碎。我絕不會原諒她。

「首先，讓我們釐清幾件事。」

「……」

「我從來沒有讓妳改變過去，也從來沒有指使妳或強迫妳這麼做。」

「……」

「我只不過是向妳提出了一場交易。至於是否接受這場交易、是否選擇回到那段最令妳感到後悔的時間，為了改變當時的結局而努力，全都是妳的選擇。」

她和初次相遇時一樣，一邊拍掉堆積在身上的灰塵，一邊走到我面前說道。我面對語調平穩、眼神堅定的她，一句話也說不出口。剛剛那些湧上心頭的質問、控訴、委屈與憤怒，全都像被風吹散的煙霧，消失無蹤。她把轉眼間已經變乾淨的夾克衣袖整理平整，繼續說道：

「如果要我說一句安慰話……其實妳的時機，把握得非常好。要是回到更早之前，媽媽的那個病就不會被發現，連預約醫院的機會都不會有。」

「那，為什麼？為什麼什麼都沒有改變？我明明做的是對的事，我明明選擇了正確的事……到底為什麼……！妳早就知道了，對吧？從一開始就知道會這樣，卻什麼都沒對我說啊！」

她居然說時機完美，竟然真的……能阻止媽媽的死亡。她的話就像一把刀，直插我心口，我那破碎不堪的心，彷彿又被撒了鹽巴一樣，刺痛無比。我朝她那面不改色、看起來極其厚臉皮的面孔吼叫，但是四周堆疊的書籍使我的怒吼有如煙火般射往遙遠的高處，再破碎四散，變成一抹灰煙。我像是在做最後的掙扎般，轉身背對女人，一邊咒罵，一邊把那些堆積如山的書狠狠推倒。那些書有如不堪冬雨吹打的落葉，嘩啦啦掉落，劃過我的手背與臉頰，散落各地。

我的視野變得模糊，宛如脫韁的野馬，情緒失控暴走，可她也只是默默看著我，沒有出手阻止。我腳踩散落一地的書籍，走上前問她。如果此刻我不找個人來埋怨怪罪，我可能真的無法承受這一切。她依舊維持按兵不動的姿態，回答：

「不，我不知道。人的行為有無數種變數，就像妳選擇了和我交易、從無數個時段中選擇重回那段時間一樣，妳的母親也只是做出了不一樣的選擇而已，那不是我能掌控的。」

看著我說話的她，眼眸裡有閃電劃過，看著突如其來的閃光，我感到有點精神模糊，我搖了搖頭，努力讓搖擺不定的身體維持平衡。我感覺到地板在上升隆起，屋頂在下跌坍塌，在這樣的幻覺中，女子的聲音卻像打雷一樣清楚鮮明。

「妳爸爸的事業其實比妳所想的時間點更早之前就岌岌可危了，所以在那個時期，妳的媽媽要盡可能防止房子被法拍，還要陪運動員弟弟到處參加比賽，當然，還要操心當時就讀高中二年級的妳，為妳去諮詢未來升學等相關事宜……這一切都關乎家人的未來，所以醫院的事情自然不是她的第一順位。」

結果，就是這樣子產生的。

我感到窒息，彷彿有人用一條繩子緊緊勒住我的脖子，慢慢地將我凌虐致死。我拚命掙脫，就像是要把繩索解開似的，把手放在什麼東西也沒有的脖子上，努力擺脫套牢的死結，然而，我卻什麼也抓不到，只有抓到灰塵而已。最終，我還是掙脫不了由幻象所製成的束縛。

「那如果……回到的是再前面一天呢？如果我能讓媽媽親口答應，說她一定會去醫院的話……」

「結果也會是一樣的。就好比就算再讓妳重來一次時間旅行，妳仍然會做出救媽媽這個選擇一樣，妳的媽媽也不會改變她要為家人做的選擇。」

「可是，可是……一定有其他方法……」

她緩慢張動著雙眼，看著我還想繼續用懇切急迫的心情尋找其他可能。她的表情毅然又堅定。我已經能預知她接下來要說的話了。

「妳知道媽媽的性格，妳也知道自己和她的性格一模一樣，妳無法代替她做選擇，所以妳該做的事情是，會依照妳本人的選擇而改變的事情。別忘了，妳還有兩次回到過去的機會。」

既殘酷，又殘忍。像一匹緊盯一個目標向前奔跑的賽馬般狹隘的視野，最終竟造就了這樣的結果。我就像失去全世界一樣，帶著悵然若失的心情，回首那段第一次為了回到過去而做準備的時間，以及曾經以為那會是完美無缺的計畫，愚昧又單純的自己。我其實是做了為自己，也深信那會是為了媽媽好的選擇。我在腦海中無數次地回放那些場景，堅信只要按計畫進行，就一定能找回媽媽的人生。然而，那並不是媽媽的選擇。媽媽的選擇，她選擇的人生，只有為家人犧牲。

猶記某天，我無力地看著與爸爸分開生活後身體每況愈下的媽媽，媽媽對我說，她只是「撐著」每一天而已。她說，人類光有呼吸，並不表示真正的活著。她只是在等待爸爸回來，等待我和智厚能有個依靠。她說，如果那樣的話，她就能真正安心地、毫不留戀地離開這個世界。畢竟用生病的身體活著，只會成為我們的負擔，她想要輕鬆一點了。我從她淡然地說著這些話的聲音中，聽出了恐懼，她其實不想死，不想離開我們，還想繼續看著我們長大。那就像是一段說反話的告白，晚上，我把臉埋進了租屋處熄燈後的棉被裡，徹夜痛哭。

我不太喜歡流淚，這點果然也像極了媽媽。爸爸則是經常一邊坐在客廳沙發上看電視劇一邊落淚，弟弟智厚也一樣。但我和媽媽總說，在人前哭泣實在太有損自尊，在人後哭又受不了哭完後眼皮殘留的熱度和鼻尖瀰漫的酸楚。可如今想起來，也許正是這樣的固執與逞強，讓那些潛藏的大小病痛日漸滋長，最後吞噬了我和媽媽。神奇的是，我在這個無法忍住淚水的空間裡，癱坐在一片凌亂的地板上，正默默低著頭痛哭。

接下來，我還能做什麼呢？

「如果要我說一句安慰話……其實妳的時機，把握得非常好。要是回到更早之前，媽媽的那個病就不會被發現，連預約醫院的機會都不會有。」

雖然時間可以倒轉，卻無法攪亂，這是遊戲規則；因此，我無法回到我穿越過的那段時間點之後，拖著媽媽的手，叫她放下所有事情，帶她去醫院做檢查——這樣的選擇根本不存在。而且我已經抓到了「完美時間點」回到過去，所以就算回到更早之前，也阻止不了媽媽的發病。那麼，我現在還能做什麼呢？

「畢竟現在四周太過混亂，是不是讓人有點精神渙散？專注力也下滑。沒錯，要在這樣的地方做出重要決定，可能不太明智，但是如果妳能稍微冷靜一點觀察一下周圍，妳會發現，這樣凌亂的空間反而可能更能幫助到妳，因為這裡的書，全都是妳的思緒碎片。」

我就像被困在只屬於自己的房間一樣，陷入沉思。而就在這時，女子的聲音落到了我的耳邊。我抬起頭，循著聲音的來源處望去，只見她正站在那看似毫無用處的螺旋階梯頂端俯瞰著我。就在那時，她的聲音彷彿成了某種信號，一旁緊貼在牆的書櫃開始緩緩滑動，滑到階梯的正前方。她從書櫃上抽出幾本書，興致勃勃地翻閱了起來。

「果然是寫作的人，好多有趣的想法，也有滿多不錯的題材，可是怎麼都沒有繼續寫下去呢？像是擁有多重人格的殺人犯故事、帶有反社會傾向的兩名角色故事……還有在對於女性寫作不友善的年代裡，一名女性作家的故事。」

那女人依然帶著一如既往的從容表情，踩著看起來隨時會失足的階梯，邁著修長的雙腿一步步走了下來。我只能默默地看著她攤在我眼前的那些薄手冊。

「簡單說明一下，這裡是聚集著被妳遺棄的思緒碎片。」

「遺棄的思緒碎片……？」

「人生在世，我相信每個人一定都有過這樣的經驗吧？想做什麼的當下突然忘記自己要做什麼，然後愣在原地想著：『咦？我本來要做什麼來著？』又或者是腦中靈光乍現，突然有了個好點子，卻在下一秒搖頭想想：『唉，還是算了，這主意不行。』再不然就是……在無數個人生的分岔路口上，那些沒被選擇、被拋棄的記憶與想法，全部都會聚集在這裡。而妳則是屬於這種念頭尤其多的人。」

那名女子這麼說著。隨著她所到之處，原本散落在地的書籍，竟一一堆疊起來，拓出了一條嶄新的道路。她的聲音有如指令，突出的書架退了回去，朝右側敞開的階梯入口也繞了半圈，轉向了左側。她像是對這一切早已習以為常，默默地繼續做自己該做的事，然後彷彿突然想起什麼似的，她半轉過身，對我說：

「啊，更正一下。妳並不是有很多遺棄的思緒，而是純粹想法偏多的人，世界上就是有這種人，腦子裡總是想東想西，所以這間書店才會顯得如此龐大，因為需要保存妳的記憶特別多。」

我翻動著那些薄薄的書頁，都還沒來得及聽出那名女子說這番話的真正用意。果然就像她說的，頁面上都是曾經掠過我腦海的題材，以潦草手寫的方式被記錄下來。

「這些念頭浮現的時間都非常短暫，所以妳看到的字跡不會像電腦打字那樣工整。但幸好，妳的字寫得還不錯，有時候，我還得像破解密碼一樣去閱讀某些人的書呢。」

即使面對剛才那場爭執，不，應該說是我單方面發洩情緒，那名女子依舊沒有對我生氣，反而為了沉默不語、宛如在進行無聲抗議的我，用平靜的語氣一一解說。然而，我無視她的好意，隨手把書扔到了一旁，從位子上站起身問：「這些東西還有什麼用？」她似乎很高興我終於打破沉默，立刻停下手邊的動作，對我微笑。

「並不是所有被遺棄的記憶，都是真的無關緊要。雖然它們是因為妳的選擇而締造出來的結果，但或許，妳真正想回去的時間點，就像寶物一樣藏在這些碎片裡。」

她的回答並不是我想要的，反而像謎語，讓原本就沉重又混亂的腦袋變得更加疼痛欲裂。我感到一陣頭暈目眩，用手扶住額頭。明明只是短暫闔眼，重新睜開眼睛時，她卻已經消失在那堆疊如山的書海之間。

「哈……到底是要我怎麼做啊。」

我跌坐在原地。每當事事不如意撞上死胡同的時候，我總是這樣感覺自己喘不過氣。巨大的不幸再次撲來我身上。我就這樣躺在書山中央，望著那高聳的天花板，腦袋一片空白，什麼念頭也沒有。

「媽……」

我試著尷尬地再次喚出這個字，就像第一次時間旅行時那樣。但事實上，這個字已經不像之前那樣感覺彆扭了。我躺在那些看似隨時會像雨一樣傾瀉而下的書堆之下，緩緩闔上了雙眼。

與媽媽一起走過的天橋、混亂不堪的醫院氛圍、坐在暖得過分乾燥的候診室，卻以寒冷為由握住媽媽那嬌嫩的小手……曾說要守護她卻沒能辦到的爸爸的承諾、瀰漫著整個家的飯香味，還有疊加著媽媽的體味與體溫，以及從她的後頸所感受到的觸感……這一切都還如此清晰，不禁使我更感悲傷。

「妳無法代替她做選擇，所以妳該做的事情是，會依照妳本人的選擇而改變的事情。別忘了，妳還有兩次回到過去的機會。」

此刻我最不想記起的，就是那女人的聲音，然而她說過的話卻言猶在耳。我用不耐煩的手勢粗魯地用手背擦過濕潤的臉龐，拚命搖頭。當眼淚滲進因銳利書角而劃破的傷口時，刺痛感深深扎進了手背。我咬住嘴唇，忍著那遲遲不消退的痛，反覆告訴自己，我還有兩次機會。

「只有靠我的選擇，才能改變的事情……」

我緩緩站起身，一陣暈眩襲來。雖然我不想承認，但就像那名女子說的，我的確還剩下兩次機會。如果怎麼做都無法讓媽媽起死回生的話……那我就要選擇最關鍵的瞬間，再次謹慎地回到過去。至少，我已經心知肚明，答案絕對不會是直接放棄我所擁有的剩餘兩次機會。

我必須為了再次留下那些書籍無法收錄的——與媽媽之間的——所有記憶，繼續展開時間旅行。我在隨時都有可能崩塌的書堆中鑽行，一步步向前走去。所需的記憶總會出現在我腳步所至之處，即使這裡宛如籠罩著一層迷霧、一寸前路都難以辨明，我依然相信，答案般的記憶必定藏身其中。當我這麼一想，不該在這裡倒下的理由變得更加堅固了。

我就像那名女子一樣，踏上了螺旋形的階梯。當我走到一半時停下了腳步，望向牆邊的書櫃，只見它默默地移動到我的面前，我伸出手，準備往排放著口袋書般小巧的書格取書。我沒有多做猶豫，隨意抽出的那本書輕如羽毛。

經常感到呼吸困難，無法忍受人潮擁擠的地方，搭地鐵連一站都移動不了，害怕見人、總是想待在家……醫生說，這病的名字叫「恐慌症」，又或者稱「焦慮症」。我不去上學，隻身一人躲在空蕩蕩的租屋處裡，好多東西卡在我心裡，我需要尋找化解的方法與出口。很快地，我打開電腦，開始在一片空白的記事本上寫字。想到什麼就寫什麼，其他什麼都不管，只專注於這個動作本身，而全神貫注的時間也不會讓我感到毫無意義。我決定，要再多堅持一下做這件事。

原來，是這樣啊。

當我第一次罹患心理疾病時，我並沒有尋求周圍的幫助，反而選擇了獨自面對。而正是這樣的選擇，造就了如今從事寫作工作的我。女子說的那番話，該不會指的就是這個意思吧？叫我要去找只依照我自己的選擇而能改變的事情。在無數的選擇岔路中，我得從被我選擇，或是未曾被我選擇的記憶裡，找到那個錯誤的決定，並將它替換成美好的記憶。讓我從錯誤的選擇所導致的懊悔中，拯救自己。這下，我才終於逐漸理解女人說的那些話。我重新打起精神，用眼神仔細掃視那排書籍擺放零散的書櫃。我要找的全部都在這裡，我一定得找出那段記憶才行。

有時我會這樣想——假如我在二十歲出頭沒有放棄自己的夢想，那麼現在的我，又會過著怎樣的人生呢？

我從國中開始，就一直夢想成為電視節目製作人。小時候我好像懷抱過各種不同的夢想，但自從把「電視節目製作人」這個夢想用圖釘牢牢釘在心上以後，我便一心一意往那個方向奔跑，所以我一直相信自己某天一定會成為電視節目製作人。

二十三歲那年，我選擇休學，因緣際會下進入了一間外包製作公司，擔任年紀最小的製作人。當時媽媽才剛完成鼻咽癌治療，雖然短暫維持了一年的健康，但也開始出現一些異常症狀。我重複著每週只會回租屋處兩次換件衣服便再次出門的生活，想盡辦法咬緊牙關完成多到滿溢的工作。雖然工作本身既辛苦又疲憊到難以言喻，但很適合我，我自己也很喜歡。這正是我一直夢寐以求的職業，所以很幸福，也能在苦中作樂。然而，我終究還是撐不過那宛如叢林般殘酷的適者生存結構。

我原以為自己是個堅強的人，認為自己根本不會受傷，甚至還以為自己反而容易傷害別人。外柔內剛，也許這根本不是我的真實性格，只是我想要相信自己是這樣的人而已，真實的我，反而是個外表剛硬、內心脆弱的人。

要放棄懷抱了將近十年的夢想，並不是一件容易的事。有一次，我被派到外地長期出差，那段期間的某一天，我打電話給半身偏癱而住院治療的媽媽。關於那天的記憶就記錄在這裡：

我知道要如何說出「我好累」「我想放棄」等，諸如此類展現懦弱的話語。即使卯足全力、非常努力地去做，做得好也只是理所當然，做不好則理應接受責備——這樣的現實日復一日，我始終無法適應。我在豔陽高照的鄉下，撥了一通電話給媽媽，她用堅強開朗的聲音說自己沒事，但是她的發音已經變得有些含糊不清，不禁令我愈發擔心。我無法向她抱怨，畢竟選擇在我。我們一如往常地問候彼此的近況，正準備掛電話時，媽媽說了：「如果太辛苦，放棄也沒關係，回來吧。放棄，也是一種學習。」

那天，我拿生病的媽媽當藉口，回到了首爾。我向公司說明自己必須照顧媽媽，所以無法再繼續做這份工作。前輩皺著眉頭抽著菸，不發一語地從煙霧中注視著我。那銳利的眼神彷彿能看穿一切，令我感到退縮卻步。最終，我親手放下了自己長年以來緊抓不放的夢想。

當我空著雙手回到家時，媽媽沒有責備我，反而拍拍我的肩，對我說辛苦了，能撐到現在已經很了不起。她說自己是在爸媽年事已高的時候出生，是家中最小的老么，所以從未感受過父母對她寄予厚望，但是看著我很努力地想要活得不讓父母失望，不禁令她體會到人生實在沒有任何一件事情是簡單的。

所以，我現在手上拿著的這本書之所以會如此沉重，之所以會因為活到今天不斷反思導致這本書的保存狀態欠佳，並不是因為我後悔當時的選擇，而是因為媽媽對我說過的那些暖心安慰，以及像個傻瓜一樣從未問出口的無數道問題。

媽媽一定也有過屬於自己的夢想吧，她的人生一定也有過燦爛的雙十年華、想做的事情多不勝數的兒時，我卻總是只顧著講自己的事，只希望她能聽我說，從來沒有問過她這一路走來是過著怎樣的人生？曾經懷抱過什麼樣的夢想、經歷過怎樣的時光，如今才會在我身邊？我在這個寬闊的空間裡，四處翻找。正如那名女子所說，自從我患上心理疾病之後，腦中浮現的各種念頭老是使我裹足不前，糾纏不清，但我必須找到一段能讓我回到十八歲之前的記憶才行。

我一一翻開就近的書籍，雖然時間和書的形狀都混亂無章，但唯一相同的是，它們全都是我十八歲，也就是二〇〇七年以前的記憶。我在這些記憶中，注意到一段尤其深刻的記憶。

我與其他學校的學生起了衝突，結果鬧進警局，就像在電視劇裡看到的一樣，我和朋友們並排坐在硬邦邦的長椅上。比起自己會受到怎樣的懲罰，我更害怕的是要面對媽媽推開警局大門時的那張臉。她會生氣嗎？還是會對我感到失望？緊閉的警局大門終於被推開。朋友的媽媽們哭著衝過來，一邊責問，一邊緊緊抱住自己的小孩。我媽是最後一個進來的。她和我對到眼以後，就直接走向警局櫃檯，用有效俐落的言行迅速處理完一切。離開警局時，我對著媽媽的背影大喊：「妳都不擔心我嗎？妳永遠都這樣！只會先處理事情！」她轉頭看了我一眼，但那雙眼神裡到底藏著什麼，我不得而知。

這是我十六歲那年的記憶，至今依然清楚記得，冰冷的警局裡瀰漫的那股鐵鏽味，還有此起彼落的咆哮聲、廉價鍵盤的敲打聲，還有那些從我和朋友身邊經過、用不屑眼神看向我們的兇惡警察。

那是一場我根本不想捲入的鬥毆事件，我很清楚，是朋友先挑起爭端的，但是當我看到朋友被一群陌生學生圍毆，實在無法袖手旁觀，只好毫不猶豫地衝了上去。等我回過神時，我的手上到處沾滿著那些連名字都不知道的學生們的血。隨著住宅區巷弄裡不停傳出騷動聲，過沒多久，警車的鳴笛聲便從遠處傳來，直到那時，我才終於意識到自己闖下了大禍。

我拿著攤開的那本書，努力回想媽媽當時看著我的那個表情。那不是冷漠，不是用擔心的舉動來使我感到焦慮，而是不論如何都要保住我所展開的鬥爭。我終於明白，原以為不帶任何情緒的那雙眼睛，其實竟藏著無盡的恐懼；以及那天，我其實帶給了她難以抹滅的傷痛。

我該回到那天嗎……？

充滿著嘆息的腦海，忽然閃過了一個念頭：如果能將時間倒轉，從一開始就沒有捲入那場群架，沒有和朋友們走進那條巷子，那媽媽應該也就不會接到那樣令人心頭一驚的消息了……

手握那段記憶的我，雙手不由自主地用力。令人不悅的悸動震盪著四周。仔細想想，那些讓我感到懊悔的記憶，其實不只那一天，那天只是和媽媽起爭執的地點發生在警察局門口比較特殊罷了，過去的我，一直都是只顧自己的情緒與自尊，甚至就連媽媽半身癱瘓、成為身障者的那一刻，我也只知道對她發脾氣、說狠話。

「哈……」

我不禁苦笑。原來這家書店真的會提供我需要的東西，它就像是在證明這件事似的，把我最糟糕的記憶端到了我的面前。

我面對的是二〇一六年一月，媽媽過世前一個月的記憶。

我因為一點小事和爸爸爭吵了起來。我辭掉工作，一心一意照顧媽媽，可爸爸卻在房間裡問我：「妳到底在做什麼？」媽媽聽聞這句話，忍不住哭了出來。她堅信這一切不幸的根源，都是因為她生病了。爸爸氣得大吼：「妳怎麼敢對我說這種話！」我把碗盤一把扔進水槽裡，然後跪在媽媽面前，緊緊抱住正在哭泣的她。我明知道媽媽的身體每況愈下，即使戴著助聽器也已經聽不太清楚，可我還是無法壓抑自己的私心，說出了不該說的話。「我也想跟媽媽一起死掉就好了。」

我沒有迴避與爸爸的爭執。其實，比起爸爸，更早開始用惡毒話語傷人的，是我。如果要我選出人生中最悔不當初的瞬間，我會毫不猶豫地選那一天。當時我不該在她面前那樣的，絕對不該說出那樣的話，不該把自己的痛苦都推到爸爸身上責怪他……

但我已經無法改變了。為了救媽媽而使用過的時間，早已越過了那一刻。如今被握在我手裡的這段記憶，我只能承認它是無法改變也無法抹滅的過去。我用充滿罪惡的雙手，將那本皺巴巴的書籍狠狠摔到了地上。

胸口一陣悶痛。無論我多麼認真思考，都有太多想要挽回的時刻。而在這需要導正錯誤選擇的此時此刻，我卻連一個記憶都選不出來，這讓我感到無比無力。我用沉重的腦袋往書櫃上「砰」地撞了一下。

「這是什麼……？」

微微晃動的書櫃吐出了一本薄薄的小冊子。它沒有書背，只有用訂書針裝訂，是一本橘色的小本子。我撿起掉落在地的它，確認了一下封面。封面上的日期是：

「二〇〇五年，五月二十二日。」

那是我十六歲的記憶。

啊，昨天熬夜玩到凌晨，累死了。爸爸一大早就在用吸塵器打掃。明天就是星期一，要去上學了。今天是星期天，早餐什麼的就算了，只想再多睡一會兒。朋友約了我下午去看電影，但我連這種聚會都懶得去。緊閉的房門突然被打開，爸爸一邊推著吸塵器走進來，一邊叨唸我快點起床。我用枕頭摀住耳朵，重新鑽進棉被裡。吸塵器的聲音逐漸遠去。爸爸實在太愛吸塵器了。

那是一個和平常沒什麼兩樣的平凡星期天早晨，也是我唯一能賴床的日子，爸爸卻在用吸塵器打掃，媽媽則是鏗鈴哐啷地在準備早餐。我通常都會聽他們輪流叨唸十次左右「快起來吃飯」，才會懶洋洋地從房間裡走出來。而頂著一頭鳥巢亂髮正在吃飯的弟弟智厚，還會催促著我：「不要到時候後悔，快來吃啦。」那時候其實還很幸福啊。問題在於，人往往都是在失去之後，才會發現那份幸福有多珍貴。

可是，為什麼偏偏會在這麼多記憶中注意到這段呢？明明只是一段沒什麼特別也不特殊的回憶啊。我翻到下一頁，繼續閱讀後面的文字。

下午一點，爸爸出門了，智厚也出門了。我癱在客廳看電視，媽媽走了過來，她看起來沒什麼精神。她對我說：「要不要跟媽媽一起去外婆的墓前看看她？」面對突如其來的邀約，我腦袋一片空白，看著她眨了眨眼。外婆當初是葬在家族墓地裡，位於媽媽娘家附近的半山腰上。雖然可以開車到那附近，但下了車以後還得走一大段山路。我腦中浮現那條崎嶇的山路，不由得搖了搖頭。叮咚！手機剛好在這時響起，是朋友傳來的訊息，問我到底要不要去看電影，催促著我趕快做決定。我抬頭對媽媽說：「我有約了，妳跟阿姨們一起去吧。」

現在，我終於明白，這段記憶為什麼會來到我面前了。我內心的罪惡感根源，來自於自己從未「全力以赴」這件事。我沒有盡全力陪媽媽一起共度時光，沒有盡全力為了媽媽好，也沒有盡全力對媽媽說我愛她。所以，我老是帶著懊悔翻看那些自己沒做好的記憶，不斷地將我拖住，使我無法向前，只能一直受困在過去。我終於明白，我不該只是收拾那些曾經對媽媽說過的傷人話，而是應該在媽媽最需要我的時候留在她身邊，這才是真正為她好。這次，我要做的選擇不能再是為我自己，必須是為媽媽才行。

我匆匆沿著來時的那條路折返回去。太久了，我困在無法再讓媽媽起死回生的挫敗與悲傷中太久了。我原本認為，在這段毫無期望、只希望媽媽能活過來的日子裡，女子給我的是有如折磨般的希望，也曾認為，都是她在那份希望被推向頂點時，又背叛我將其殘忍奪走，所以一切都是她的錯。我就像過去一樣，把責任推卸給其他人。我開始奔跑，因為我還有兩次機會。

我還能再見到媽媽。

「看來妳已經找到第二段記憶了。書籤，我已經幫妳放回原位了。」

這趟回去的路程，感覺比來時短許多。當初被憤怒吞噬，滿懷怒氣地跑來找那名女子時，感覺這條路遙無止境，但現在卻像是縮短了一半。閱覽室依舊是以井然有序的樣子出現在我眼前，那名女子也以一如往常端莊的姿態待在那裡。她從容淡定地示意我坐下，我從八張椅子當中選了一張唯一向後拉出的椅子坐了下來。那張皮製的書籤就像最初一樣平放在桌面上。

「妳已經熟知如何使用它了吧？」

空氣中帶著一絲寒意。我將書籤插入我要回到的那段記憶。女子踩著清晰的運動鞋步伐聲走到我身後，一邊整理書櫃上的書本，一邊對我說：

「還記得我說過，記憶會隨時間扭曲嗎？」

我轉過上半身看向她。她從書櫃上收手，同樣迎向我的視線，與我四目相交。

她的眼眸中，有著一片湛藍的海洋在翻湧。

「記憶的扭曲，是公平的。」

「……」

「無論是染上悔恨的、不幸的記憶，還是妳想永遠銘記於心的幸福記憶，只要常常回想，它們都會被公平地扭曲。所以，這次不妨試著創造一段幸福的記憶吧。」

就像雪球一樣，能越滾越大的那種。

第二次旅行

在昏暗的視野彼端，傳來微弱的聲音。從遠方帶著微小震動嗡嗡低鳴的聲音，逐漸擁有了輪廓，變成了人們的笑聲。然而，仍舊不夠清晰。雖然我還沒睜開眼皮，但我依稀知道這聲音是從哪裡傳來。這不是真的，這是從擴音器播放出來的假笑聲。就在那一瞬間，我像被車燈嚇到的鹿一樣，猛地睜開了眼睛。

「我又……」

回來了。

我平躺在一張三人座的沙發上，視線直直地望著天花板。直到國中為止，我的身高才一百五十六公分，腳也只有二十三公分，所以家裡客廳這張三人座的布沙發對於當時的我來說，總像是一張舒適的床。我就像第一次旅行那樣，試著動了動腳趾。每一截細瘦的腳骨動彈自如，證明著這一切並不是幻覺。

電視裡播放著的，是十六歲的我在收看的綜藝節目。如果沒記錯的話，這節目在幾年後因收視率低迷而停播了。我輪流看向自己戴著的手錶和牆上的圓形時鐘。十二時五十六分。雖然我花了寶貴的一分鐘才讓恍惚的腦袋恢復清醒，但沒關係，時間是準確的。

現在的我，二〇〇五年五月二十二日，下午十二點五十五分，身處在我家中。

那麼……

「……」

果然！

媽媽打開主臥室的房門，走到廚房。她就像那本橘色封面的書裡所寫的那樣，和平時不太一樣，看起來沒什麼精神，或許是有點難過，不，也許是非常難過。當時我不懂，但現在的我，看得見媽媽的心情了。

她拖著腳步走到飲水機前，倒了一杯水喝下。我趁這個空檔，把夾在抱枕之間的手機關機。

「智媛啊。」

「嗯？怎麼了，媽媽？」

媽媽扶靠著客廳和廚房之間的吧檯，吞下那杯溫水後，喊了我的名字。我從自顧自喧鬧的電視節目上移開視線，轉頭看向媽媽。她望著我，似乎是感到有些訝異。有別於書中記錄下來的記憶，從她沒有走向我來看，原本當時的我，應該是連看都沒看她一眼。

「要不要跟媽媽一起去外婆的墓前看看她？」

俗話說：「知道多少就能看見多少」，這句話真的一點也沒錯。那些早已被時間埋沒、擦去的記憶中，我從未察覺過媽媽的思念，如今反而能深刻感受體會。媽媽並不是單純地沒精神，也不是陷入無力的悲傷。她只是非常想念已經離世的外婆，就像現在的我一樣。

「妳有跟朋友約嗎？」

「嗯？啊……沒有。」

「那妳怎麼這麼久都不回答我？」

媽媽就像從前那樣，以為我會拒絕她吧。她看著我的眼神裡，沒有期待，從聲音裡也聽得出來只是隨口問問罷了。我猛地從沙發上坐起身。

「沒有啦，沒約。我跟妳一起去吧，去幫外婆掃個墓。」

媽媽是在這裡出生長大的，然後在短暫到外地生活時與爸爸結為連理。所以，她兒時的回憶全都留存在娘家的這棟韓屋，而那座設有家族墓園的山就在我們家附近，這也就自然是理所當然之事了。我實在好久沒坐媽媽駕駛的車了。她是個不折不扣的路痴，沒導航就完全不會開車，但對這座城市的地理位置卻是熟門熟路。我忍不住盯著她那張沒有被地圖搞得焦慮、從容悠閒開車的側臉。

媽媽的美貌是任誰看到都會稱讚她漂亮的程度，她像外國人一樣有著明顯的眉骨，在單眼皮的眼窩上有著自然的凹陷，兩眉之間的鼻梁也比一般人更高挺，嘴唇是即使沒搽口紅也顯得自然紅潤。她說自己小時候為滿臉痘痘煩惱不已，但現在的肌膚卻白皙光滑，讓那些煩惱顯得毫無說服力。雖然我長得比較像爸爸，但國小時期也常有人說我和媽媽長得簡直一模一樣。阿姨們還會拿出媽媽小時候在韓屋前院裡拍攝的照片給我看，忍不住炫耀起這個最小的妹妹，說她小時候有多聰明。

而我眼裡的媽媽，和以前的她沒有什麼不同。她依然有著聰慧的眼神，依然是那個比誰都還要聰明、睿智，對我來說無比了不起的媽媽。她似乎是察覺到副駕駛座投來緊盯的視線，突然問我幹嘛一直看她。我無視那名女子對我的提醒——「不要做出平時不會有的舉動，否則會招惹麻煩」，於是裝作若無其事地回答：「就只是覺得媽媽好漂亮。」媽媽一臉傻眼，卻還是帶著愉悅的笑容調侃道：「哎呀～看來明天太陽要從西邊升起了。」說完便笑了出來。我把媽媽那笑得燦爛的模樣，仔細地烙印進了心裡。

「哎呀，現在祭祖都改在舅舅家辦了，墓園的草長得可真快啊。」

媽媽的車繞著熟悉的路，一路往山上開了約莫二十分鐘，終於抵達半山腰。她把車停在那棵只能停得下一台車的大樹下，然後我們便踏上了濕濘如泥的咖啡色小徑。這次我不再走在媽媽身後，而是與她並肩同行。我們留下的一雙雙腳印，就像是童話故事《糖果屋》裡漢賽爾與格麗特撒下的麵包屑。

曾經運動實力好到甚至考慮過報考體育高中的我，隨著年過二十歲，再到三十多歲，早就成了和運動徹底脫節的人。而當年二十幾歲從事的職業，還屬於比較有活動量的工作，所以就算沒有特別運動，也能維持我的基礎體力，但現在不是了；如今三十四歲的我，是一個獨自關在昏暗房間裡，單靠動動手指和大腦度日的人。因此，照理來說，走這點山坡路會氣喘如牛才對，但奇妙的是，我感到身體十分輕盈，一點也不累，就連站在外婆墳前時也呼吸平穩。這不禁讓我再次意識到，我不可能永遠留在這裡。

「媽，如果妳今天不是跟我一起來，就會是和阿姨們一起來嗎？」

外婆的墳墓就像小山丘般隆起，滿是翠綠的雜草。我學著媽媽動作熟稔的樣子，笨手笨腳地一邊拔著雜草，一邊向她問道。媽媽沒有馬上回答，而是專注在整理外婆的墓。我不想打擾她，便悄悄走到了一旁外公的墳前。外公早在媽媽年幼時，就因為機車事故去世了，所以我從來沒有見過他。我唯一熟悉的，是看過大阿姨家中擺放的那張外公的證件照，黑白照片裡的年輕男子，一看就是個非常英俊的美男。

「媽，妳對外公的記憶，也不太清楚嗎？」

時間像河水一樣流逝，就算我跳進寒冷的水中，用全身去阻擋水流，也無法阻止它從隙縫中悄悄溜走。一點五十四分，我瞄了一眼轉眼間已經過了一小時的手錶指針，心情變得焦躁，接下來，我能在這裡和媽媽一起共度的時間只剩短短兩小時了。

「對外公的記憶啊，大多都模糊了，畢竟他過世的時候，我還很小。而且我是當初媽媽想再拚個兒子卻沒成功的老么，所以和妳外公本來就關係有些生疏，不像妳和妳爸那樣親密的父女關係。但也不是說不想念他，就算記憶再模糊，多少也還是有的。我總是會想，要是爸爸還活著的話會是什麼樣子……」

媽媽邊說，邊把手中那把雜草丟進一旁茂密的森林裡。她的語氣中透著淡淡的寂寞，卻也不至於傷感到出現明顯的情緒起伏。

「昨晚夢見妳外公外婆了。」

「……」

「夢裡是我出生的那天。外公原本期待是個男孩，一看到是女兒，臉色整個沉下來，滿臉失望，但外婆不是。雖然除了舅舅以外，媽媽上面已經有四個姊姊，可外婆還是抱著剛出生的我，笑得好開心。當然啦，我也不知道那是不是真實發生過的事，但自從作了那個夢以後，我就很想念外婆……因為媽媽我自己現在也成了母親，終於能理解那種第一次把孩子抱在懷裡的心情，所以今天才特別想和妳一起來。如果妳說不來，我應該會一個人來吧。」

空無一人的半山腰上，只有我和媽媽兩人。媽媽的聲音就像覆蓋在外婆墳墓上的那些雜草，滿是思念。而我也終於能像媽媽理解外婆那樣，理解我的媽媽了。隨著年紀漸長，女兒會越來越常和母親的情感重疊，這正是我患上心理疾病的原因。

媽媽坐在外婆墳前的一片泥地上，我也不顧褲子會不會弄髒，就緊挨著媽媽瘦小的身子一屁股坐了下來。當我們兩人不再說話時，反而聽見了山林間萬物的交談聲。

山鳥的啁啾、不知名的蟲鳴、隨風搖曳的樹葉沙沙聲，還有從上方飛快湧下的溪水潺潺聲響。這些聲響，填補了我和媽媽之間的沉默。我屈膝張腿而坐，並在雙腿間玩著泥巴，然後小心翼翼地問了媽媽：

「媽，如果外公沒有那麼早過世的話，妳想成為什麼樣的人呢？」

媽媽在比我還要年幼的年紀就失去了父親，只能無奈地看著家道中落的過程。她小時候比誰都聰明伶俐，卻得不到相對的支持。因為在她之上，還有五個年長的兄姊，而外婆年紀大了，早已沒有餘力再對最小的老么投注心力。

在釜山頗負盛名、數學教得很好的大姨丈，總是覺得媽媽的才能與頭腦實在太可惜。也許正因如此，他才對那個兩手空空、年輕時就登門求親的爸爸感到不滿意也不一定。因為對他來說，媽媽不只是小姨子，更像是自己孩子般的存在。

每逢佳節，家人們團聚一堂時，喝了酒的大姨丈總會醉意甚濃地對我重複說同一句話：「妳真的很像妳媽，頭腦很好。一定要好好念書，實現妳媽當年沒能完成的夢想，好好過妳的人生。」對年幼的我來說，那既是一種特別的稱讚，也是一份沉重的壓力。我故作堅強地撐著那些壓在肩膀上的期許與負擔，反而從沒想過要問問媽媽，她自己究竟想成為什麼樣的人？她曾經懷抱過什麼樣的夢想？

面對這個我從未開口問過的問題，媽媽不好意思地笑了，說那已經是太久遠的事情，想不起來了。我一邊拍掉手上的泥土，一邊對她說：

「妳好好想想看嘛。妳以前喜歡什麼？想做什麼？」

「不知道呢……」

「妳以前不是在電腦補習班當老師嗎？如果當初沒有懷上我，現在會過著怎樣的生活呢？妳想想看，我是真的很好奇，媽媽妳真正的夢想是什麼？」

時間依然不停流逝。但我沒有繼續催促逐漸陷入沉思的媽媽。現在時間是下午兩點十二分，而我必須離開的時間是三點五十五分。

換言之，我還有一點時間可以繼續陪著媽媽。

爸媽總說我是他們蜜月旅行時懷上的「蜜月寶寶」，但我是六月出生，他們結婚照上寫的日期則是一九八九年十二月二十三日，因此，任誰都能猜想得到我不可能是什麼蜜月寶寶。

而我會發現這項事實是在就讀國小六年級時，我當時只是在觀看一直以來都放在化妝檯上的結婚照，結果因為照片中爸媽的臉蛋看起來實在稚嫩，於是好奇地仔細看了好久，儘管從小就知道他們的結婚紀念日是在十二月二十三日，但不曉得為什麼，那天尤其注意到一九八九年這個數字。再加上我一直只有注意「蜜月寶寶」這個特別的名稱，導致徹底遺忘國小科學課堂上學過的懷孕週期相關知識。國小六年級，我早已是明確知道胎兒不會在短短六個月就出生的聰明小朋友。

而那個聰明的小朋友其實也是會跟著爸媽一起看很多韓劇的早熟小朋友，所以透過電視劇早已得知「先上車後補票」這個概念，於是後來就有好長一段時間緊跟在爸媽背後，不停開他們玩笑說羞羞臉。

爸爸在那個年代還不是什麼成功人士，只是一個懷抱夢想、準備白手起家的建築師兼創業家；媽媽則是大家口中有名的電腦補習班老師。多年後我才知道，原來她是因為懷上我，才不得不放棄工作，也因此不顧家族反對與爸爸結婚。

那時的我根本不知道，在那個時代，女人擁有職業意味著什麼；也不明白，放棄那份工作會帶來什麼代價。畢竟我身邊朋友的媽媽大多都是家庭主婦，所以我也理所當然地以為，媽媽是家庭主婦這件事情很合理，也從未意識到媽媽在成為主婦之前，其實也是一個可以擁有夢想與人生志向的人。

所以我無法抹去這個念頭，覺得現在才問她實在太晚了。我應該早一點問的，應該早一點問媽媽喜歡什麼、想成為什麼樣的人，甚至只是問一句「今天過得怎麼樣？」也好。

我對媽媽的關心實在太少了。我只在意自己，其他的全都不重要。我活在地球是繞著我轉，世界是為我存在的錯覺之中。所以在失去媽媽之後，我所背負的後悔，全都是我親手種下的果。

「嗯，怎麼想也想不起來耶。媽媽小時候好像也有很多想做的事，但自從外公過世以後，就只是隨著生活逐流的樣子，光是現在這個世道，一個女人要獨自養小孩都這麼辛苦了，更何況是那個時候，自然是更艱難，外婆當時要一個人養我們，媽媽上面又有一堆兄姊，但也不知道怎麼的，最後還是稀里糊塗地念完了大學，也當上了電腦補習班老師，只不過，那是不是我真正想做的事，我已經不太記得了，畢竟是很久遠的事情嘛。」

媽媽把立起的雙膝抱進懷裡，思考了好一陣子後，給了我一個完全出乎意料的回答。我靜靜地看著媽媽的側臉，她背對著外婆的墳墓，仰望藍天，那雙空洞地追隨著虛無的眼神，我太熟悉了。現在的她，一定流露著和我照鏡子時看到鏡中的自己一樣的眼神。我撿起一把從土堆旁冒出的小草輕輕搖晃，一股清新的草香飄了出來。

「如果妳在二十八歲的時候沒有懷上我呢？」

「如果沒有懷上妳？」

「不對……如果妳沒有生下我呢？妳有想過嗎？如果那樣的話，人生會變成什麼樣子？是不是就不用放棄工作了？」

原本盯著虛空中的媽媽，視線忽然移到了我身上。她像拼圖一樣，準確地與我的視線對接，她彷彿能把我腦中的所有思緒看穿一樣，她的眼神堅定又果斷。媽媽噗哧一笑，然後用任誰聽都知道絕對是開玩笑的方式回答：

「如果自己沒有成為媽媽的話……我應該就不會嫁給妳爸，一個人過得很好吧。畢竟當初妳爸可是說他雖然身無分文但會讓我幸福，說得天花亂墜，我才會讓他來我家的，結果誰知道會發生那些事？所以啊，以後談戀愛要小心，謹慎再謹慎！看看妳爸，每天晚回家不說，還老是讓人生氣，唉……算了，別提他了。」

媽媽搖搖頭，彷彿對這一切都已經厭煩似的，但她的嘴角卻掛著一抹淡淡的微笑。我也跟著笑了起來，揶揄著她剛才說的那番話根本沒有說服力。媽媽拍了拍我的肩膀站起身，反駁著哪會沒有說服力。我躲在媽媽的身影下，避開了炙熱的太陽。她低頭靜靜看著我，然後喊了我的名字。

「不過啊，智媛啊……」

「嗯？」

「就算只是假設……」

「……」

「也絕對不會有那種事情發生的。」

「什麼事？」

「選擇不生下妳。」

不懷上妳。

聽聞這句充滿真心的表白，讓我差點落淚。她那溫柔注視著我的眼神、那親切伸出來的手，都讓我想要把內心積壓已久的情緒全部傾瀉出來，好想大哭一場。我想放聲大喊，說我不想和媽媽分開，想責怪時間為什麼此刻也還在無情地流逝；為什麼要讓我那麼早就失去媽媽？媽媽生病的期間我也一直在跟著受苦；「如果可以我寧願代替受苦」這句話我已經能深刻體會；為什麼就連在假設「自己沒有成為媽媽」的語句裡，媽媽依然還是「媽媽」？為什麼媽媽總是習慣犧牲，總是把「為家人付出」視為理所當然？媽媽過世的那一天，從喪禮開始到結束，我一滴眼淚都沒有掉，只是不斷地強忍，將所有情緒吞下去。我沒想過，那樣的壓抑會招來如此劇烈的反撲。我想，之所以每當聽見「媽媽」這兩個字就想哭，應該是因為我在當時沒有盡全力哀悼所致。

我握住媽媽伸出的手，站起身。我們是直接席地而坐，沒有鋪任何墊子，所以當我站起來的時候，沾在屁股上的乾土也跟著嘩啦啦掉落。媽媽沒有先拍掉自己屁股上的泥土，而是先替我拍乾淨，然後用充滿肯定的語氣說：

「雖然我還不知道妳將來會過怎樣的人生，但在媽媽這一生中，生下妳真的是最棒的決定。」

好不容易關上的水門，彷彿隨時都會潰堤。我咬著嘴巴內側，強行壓下已經漫過紅色警戒線的悲傷。咕嚕一聲，溫熱的唾液像淚水一樣，順著喉嚨流了下去。

「但妳不是說後悔和爸爸結婚嗎？如果有機會不和爸爸結婚……妳也還是會選擇生下我嗎？」

「我不是一直說嘛，雖然他不是個好丈夫，卻是這世界上最好的爸爸。不管什麼情況，我都不會改變當時所做的選擇，因為不管當時我的夢想是什麼，現在的夢想就是妳，智媛啊。」

過去只要面臨人生茫然的瞬間，或者站在無路可退的岔路口時，我總會想，要是有預知未來的能力就好了。但如今，我反而覺得已經知道未來會發生什麼事就像一種詛咒。

我其實早就知道，我的人生應該是在備受疼愛、如海一般深廣的愛之下長大的。但也只是猜測而已，不是客觀事實。畢竟在媽媽還在世的時候，我們從來沒有像今天這樣有過認真且坦誠的對話。直到現在，這份愛透過實際的言語、聲音、表情、肌膚能感受到的溫度讓我親自確認之後，我也為自己曾想從這個世界逃離感到羞愧。

「我們下山吧，媽媽有點餓了。」

媽媽像是什麼事情都沒發生過似的，輕輕拍掉手上的塵土，邁開輕快的步伐朝山下走去。我站在原地，看著她漸行漸遠的背影，腦海中浮現送媽媽最後一程時在火葬場的熊熊烈火畫面。

我的這一生，是媽媽用性命守護下來的珍貴人生。我不能忘記這件事。要比任何人都努力地活下去，活出一個讓媽媽引以為傲的自己。

或許，是我太容易把這份承諾給忘了。

「欸，妳今天怎麼竟然主動說要吃宴席麵[3]？」

「因為我愛吃麵，是遺傳媽媽的啊。」

「倒也是。不過妳不是不喜歡吃熱的食物嗎？」

「可能是……年紀大了，口味變了吧？」

「妳這孩子，在大人面前什麼話都敢說。」

店員這時剛好端著兩碗熱騰騰的宴席麵過來，我們不禁噗哧一笑，隨著升騰的熱氣逐漸遠去。鯷魚熬成的乳白色湯頭、金黃色的蛋絲、切得和蛋絲一樣細長的節瓜，以及像蓋子般鋪在上面的黑色碎海苔。

從家族墓地所在的山上開車下來片刻，穿過一座巨大的涵洞，就會看見一間用橘色塑膠帆布搭建而成的布帳餐車。這裡不僅是登山客的小廚房，也是媽媽最喜歡也最常去的麵攤。在我上國中以前，我們全家每週日都會跟著熱愛登山的爸爸來這座山。每次爬完山後，我們都會到這家攤車吃麵。

小時候，我其實很討厭全家一起去爬山。明明不是上學日，卻得一大早起床準備，實在是苦差事；更別提還得跟上爸爸那幅度較大的步伐。性格溫柔的弟弟總是在媽媽身旁嘰哩呱啦，邊陪她聊天邊爬山，而我總是一個人遠遠地跟在後頭，暗自抱怨為什麼每個星期天都要受這種苦？

如今回想起來，雖然過去的事情皆是如此，但當時有這樣的家庭活動其實真的很好。那時的天空不像現在這樣總是籠罩著黃濁的霧霾，登山步道上乾乾淨淨的，看不見半根菸蒂或垃圾。半山腰的汲水處總有一個塑膠杓子，都不會被人偷走，也沒有人會趁你不注意想要將你的包包順手牽羊。山上的空地都設有運動器材，雖然簡陋，大家卻都會遵守秩序，互相禮讓著使用。

國小時期身形尤其瘦小的我，直到十三歲為止，都享受著其他登山客的稱讚，紛紛說：「哎呀！這麼小的孩子竟然也爬得上來，真厲害！」然後爸爸就會遞給我一杯裝滿著山泉水的藍色塑膠杓子，得意洋洋地說：「我們家孩子啊，總是能堅強地自己爬到山頂呢！」而我就是被這種誇獎推著走，一次又一次地努力爬山。

記憶，真是一件神奇的東西。自從生病以來，連最近的事情都很容易忘記，可偏偏這麼遙遠的過去，卻還像當時的天空一樣記憶猶新。不，或許現在留存在我腦海裡的記憶，不是被我忘記，而是被埋進了黑暗之中。我用鑷子將那些為了折磨自

❸ 一道韓式麵食。「宴席」在韓語中意為「盛宴」，一般是在婚禮或六十歲生日等節日場合準備這道菜。

己而擺脫不了的、有如噩夢般的記憶，一遍又一遍地挖掘出來，然後把曾經那些溫暖、美好的記憶全部給深埋了起來，就像一座長滿雜草的大墳墓一樣。

我出於對媽媽的愧疚，總是反覆回想起那些自己做不好的事，然後一鏟一鏟堆出一片泥濘，把過去那些幸福的時光統統掩埋。彷彿我是一個不該活著的人，是一個不配感到幸福的人一樣。可這趟時光旅行，正一點一點鬆動著那座墳墓，至少我自己是這麼覺得的。

我小心翼翼地把那雙一不小心就會折斷的木筷從紙套裡抽出，輕放在媽媽的碗上。媽媽朝我投來疑惑的眼神，但沒有多說什麼。

接下來的一段時間裡，我們母女倆之間只剩下把麵吹涼、把麵條送進嘴裡的聲響。媽媽拿起筷子攪了攪碗裡的湯，我也跟著一模一樣地攪拌；媽媽用筷子夾起醃蘿蔔，我也跟著夾一塊放進嘴裡。

我一邊吃，一邊不時地清清喉嚨，乾咳幾下，強忍著喉頭的堵塞感，硬是把嘴裡的食物吞下。我和媽媽並肩而坐，時不時還會偷瞄一下媽媽吃麵的樣子。我看著她吃著自己喜歡吃的食物，然後那些食物從她的嘴唇間、舌尖上滑過，再沿著喉嚨進入胃裡，這些行為不是單純為了攝取營養，而是在細細品嘗、感受飽足。不知為何，我對於這一切感到莫名地激動。

如果這一餐是吃媽媽煮的東西，那就更完美了。但即便不是如此，光是能和媽媽一起吃一頓飯這件事，就讓我老是感到喉頭哽咽。我趕緊低下頭面對碗口，眼角的淚珠正好滴進了湯裡，在湯面上泛起小小的漣漪。

「跟女兒一起來還是挺不錯的。」

「可是妳不是比較喜歡智厚嗎？」

「他是最小的孩子，是兒子。妳是老大，從小就什麼事情都能自己來，也很可靠。」

「那有什麼用……」

「不管妳多麼沉默寡言，智厚多麼嘴甜撒嬌，說到底，年紀越大，越能理解我、能和我產生共鳴的，終究還是女兒啊。」

媽媽在想些什麼呢？她的面前只剩下留有些許殘渣的碗，視線投向遠方虛空中，顯得有些恍惚。我則是與她恰巧相反，目不轉睛地盯著碗裡的湯，開口問：「妳很想念外婆嗎？」媽媽雙手交叉於胸前，撐在攤桌上，長長地嘆了一口氣。我大概能明白那口氣的意義。

「妳通常什麼時候特別想外婆？開心的時候？還是傷心難過的時候？」

「嗯……一直都很想啊，隨時都想見她。但如果真要說什麼時候特別想她……應該是高興的時候吧。因為難過的時候還能自己忍下來、撐過去，但是開心的時候就會特別想跟她分享，卻發現已經無法分享了，所以這份思念就會無從排解。」

我不愧是媽媽的女兒。因為即使媽媽過世好幾年，我也還是無法習慣一個人獨享喜悅，那樣的喜悅，根本就不是真正的喜悅。

「媽，我一直好奇一件事。」

「什麼事？」

媽媽曾是我最好的老師。直到我國中畢業為止，沒有一道習題本上的問題是她不會解的，尤其是數學和自然，甚至讓人懷疑她是不是現任補教名師的程度。媽媽曾說，比起帶有主觀又模糊答案的國文，她更喜歡有客觀與明確解答的數學。她還說過：「我們家的人都是理科腦，就只有妳一個是文科腦，真是怪了。」

我接下來要問的問題，也許就是媽媽不喜歡的那種類型，所以我才會從來沒問過，但也正因為如此，我才特別感到好奇。我又一次對過往的自己感到後悔，為什麼曾經有那麼多時間，卻沒好好和媽媽聊過一次？但我也明白，比起陷在悔恨裡不斷倒退，更重要的是勇敢往前邁步。我像以前一樣，舔舐好幾次開不了口的嘴唇，最後好不容易把話擠了出來。

「媽，妳希望我如何過接下來的人生呢？妳不是說我是妳的夢想嗎？那妳是希望我當個善良的人？很棒的人？還是樂於助人、與人分享的人？」

我以為，媽媽在面對我這主觀又模糊的提問會回答得猶豫不決，就像她在述說外婆的故事時一樣，「嗯……這個嘛……」，然後就不了了之，但她沒有這樣回答，反而完全出乎我的預料，用從未有過的堅定語氣，給了我明確的回答。

「不是，不要過那樣的人生。」

「……」

「要為妳自己活，活出屬於妳自己的人生。」

「……」

「媽媽希望妳能為自己活。」

瞬間，我一句話也說不出口。

「媽媽反而擔心妳太像我，活得顧慮東顧慮西，想很多。」

「……」

「那些想法也許能讓妳感到快樂、幸福，但『念頭』這種東西啊，一旦反覆咀嚼，就會像口香糖一樣變得模糊不清，接著就會黏糊糊地變成後悔，甚至不小心吞下去的話，還可能卡在喉嚨裡。媽媽不希望這部分妳也遺傳到我，所以簡單就好，為妳自己活就好。」

活出妳自己的人生。

我媽果然不是普通人。我明明是用餘生換取穿越時空的機會才來到這裡獲得遲來的領悟，可她卻像早就知道這一切似的，不禁讓我輕輕地笑了出來。從以前到現在，我始終都是逃不出媽媽手掌心的那個小巧又年幼的女兒。

「哎呀，時間已經這麼晚啦，智厚應該快回到家了，我們趕快走吧。」

媽媽看了看手機顯示的時間，用一張萬元鈔結了帳，然後站起身。我跟在快步走向停車處的媽媽身後，同時瞄了一眼自己的手錶，指針指著三點五十分。時間從不為誰停下。我即將要離開了，而我能停留的時間只剩下短短五分鐘而已。

我小跑起來，追上走在藍天下的媽媽，然後悄悄地挽住了她的手臂。十六歲，國中三年級，這種程度的撒嬌應該沒關係吧？畢竟現在，媽媽比我年紀大。

這點小任性……應該無所謂吧。

「我將來啊，一定會成為超棒的大人！」

「去吧，沒人攔妳。」

「我要變成那種為自己好好吃飯、好好生活的大人！」

「是啊，拜託妳一定要成為那樣的人。」

媽媽一邊和我一起走著，一邊開懷大笑。我走著走著，不知不覺抵達了那台熟悉的車子前。雖然很想留在媽媽身邊，卻只能勉強與她分別。我暗自心想：

我一定會活成那樣的人，媽媽。因為我是妳的夢想啊。

間接記憶

如今已經非常熟悉的紙張與木頭味掠過了我的鼻尖，耳邊則是圍繞著非人類所發出的呼吸聲與一片寂靜。我不再感到恐懼害怕。有別於第一次旅行剛結束時所感受到的不安，此刻的這份寂靜反而讓我感到平和安穩。我坐在堅硬的閱覽室椅子上，深吸了一口氣。閉上的雙眼之間，浮現一種安定的感覺。曾經總是充滿暗紅色嘆息的心臟，彷彿也柔和地鬆開了、緩緩融化。終於，在微微睜開的眼皮縫隙間，一道夕陽般的光輝滲入眼簾。我小心伸出手，搭在書桌上，冰涼的木頭質感透過手掌傳來。

我又回到了這個地方。閱覽室裡沒什麼不同，如果真要說有什麼變化，那就是有些東西彷彿要傳遞一些訊息給我，擺在我面前。原本凌亂、充斥著種種記憶的書桌，如今已經被整理得乾乾淨淨，在我目光所及之處，則有一張藍色書籤，以及並排而放的兩本不需要人解釋也知道那是什麼的書籍。我把書籤推到一旁，視線輪流看向兩本厚度不同的書籍封面。

「二〇〇七年，二月二日」

「二〇〇五年，五月二十二日」

放在我面前的書籍，是我展開時間旅行的痕跡。我用指尖輕輕觸摸書封，不管是材質、顏色、裝訂方式，甚至是書名，全部都沒有改變。但是某些東西的確變了。它們正向我輕聲低語，彷彿在說：「快翻開我吧。」我手拿第一段記憶，緩緩地翻開了書頁。

~~房門外傳來吵雜聲。正在客廳看電視的媽媽，突然想起今天下午三點預約了看診。她提高嗓音嚷嚷著自己忘記預約的事。我拿起放在枕頭邊的手機，時間已經指向晚上七點四十分。診所應該早就關門了，我心想，再重新預約就好了。明明也不是第一次忘記，幹嘛那麼大驚小怪。今天又這樣平平無奇地度過了。~~

過去的記憶被劃上了黑色的刪除線。再翻過一頁後，我發現了一些原本不存在的新記憶被記錄在書頁之中。

「哎喲，金智媛！媽媽都快被妳喊到爛了，別再喊我啦～」我聽見媽媽的聲音，回過頭，發現是不再被病痛纏身的媽媽正獨自站著，身體有肉、精神飽滿，維持著不錯的體格，臉上掛著笑容在對我微笑。我這才意識到，媽媽其實是一個愛開玩笑、用幽默風趣話語讓周圍人開懷大笑的人。我單方面摟住她的腰，感受到一陣溫暖，與媽媽並肩而行的這條路有些陌生，因為我不需要再攙扶她，甚至要找個藉口才能牽她的手。我對於自己過去是個木訥又遲鈍的女兒感到後悔萬分，但現在不該是悔恨的時候，而是該用「行動」去挽回一切的時候。我與媽媽十指交扣，不禁眼眶泛淚。她的叨唸聽起來格外動人。我要救回媽媽，絕不會再失去她第二次。我現在終於能理解爸爸了，就算只能短暫幫他分擔這份沉重的負擔，我也心存感激。我也因為這是我平時從來不會說的話，使我更加哽咽得說不出口，但我終究還是開口了。「媽，我真的，非常愛妳喔。」

只不過是翻了一頁而已，字裡行間的溫度與情感竟已完全不同。我從中得到了慰藉，心口也逐漸溫熱。原來，記憶是可以被這樣改變的。說時間旅行的結果沒有帶來痛苦是騙人的，但那名女子說的話**並沒有錯**。有些事，是由與其相關的每一個人所做的「選擇」共築而成的結果，那不是單靠我的一己之念就能擅自扭轉的東西。

我已經盡力了。而如今我該做的，是尊重媽媽的選擇，去理解並接納一切。然後，我想起當初女子第一次向我提出這場「交易」時，曾經說過的話：

「如果回到過去，可以改變什麼呢？」

「比妳想像中的還要多喔～」

如今我終於明白，不是只有結果改變才叫做有所改變。

也許就如女子所說，許多事情早已悄然改變；比如說，在拚命努力改變結果的時光裡，我曾經遺忘許久、無論怎麼努力都無法想起的那個健康、神采奕奕的媽媽，如今已經清晰地烙印在我的記憶中。這一切，絕對不能說是失敗。

我輕輕翻開了第二段新記憶。

下午一點，爸爸出門了，智厚也出門了。我癱在客廳看電視，媽媽走了過來。她看起來沒什麼精神。她對我說：「要不要跟媽媽一起去外婆的墓前看看她？」面對突如其來的邀約，我腦袋一片空白。看著她眨了眨眼。外婆當初是葬在家族墓地裡，位於媽媽娘家附近的半山腰上。雖然可以開車到那附近，但下了車以後還得走

~~十大段山路。我腦中浮現那條崎嶇的山路，不由得搖了搖頭。叮咚！手機剛好在這時響起，是朋友傳來的訊息，問我到底要不要去看電影，催促著我趕快做決定。我抬頭對媽媽說：「我有約了，妳跟阿姨們一起去吧。」~~

和第一本書一樣，過去的記憶被劃上了黑色的刪除線。我和剛才一樣，再往後翻了一頁。

我們抵達墓園，媽媽望著長滿雜草的墳墓，眼神有如雨後的土壤般潮濕。她一邊叨唸著怎麼長了這麼多雜草，一邊徒手將它們一一拔除。從她那緩慢的動作來看，我想，她正在拔除的也許是心底的思念。媽媽說她好想外婆。如今，我也能理解那份心情了。明明我現在就在她旁邊，卻還是很想念她。我已經能深刻體會，她是我無時無刻都想念、惦記的存在。我把過去漠不關心從未問過她的問題脫口而出一口氣問了個明白，「媽，妳以前想成為什麼樣的人？」「妳喜歡什麼？想做什麼？」「妳真正的夢想是什麼？」在成為媽媽之前，明明她也是一個單獨的個體，可我卻從來沒關心過她一次：「今天過得怎麼樣？」面對遲來的提問，媽媽只回答自己不記得了，然後補充道，自己絕對不會選擇不生下我，她說她現在的夢想是我，我看著她的背影暗自下定決心——我這條被她守護下來的生命，會努力活得精采可期。

我逐字逐句地讀著那些重新烙印在紙張上的文字，忽然產生一種強烈的預感，覺得這一切還沒結束。就在正準備要回到現在的時候、我坐在副駕駛座上打瞌睡的前一刻，我記得媽媽有對我說了什麼，但具體內容已經完全想不起來，我只知道那絕對不是幻覺。媽媽確認了兩三次我是不是睡著了，而我就是在那段過程中回到現在，記憶的斷點正是在那裡。我現在手握的這本書，沒有任何關於媽媽當時說了什麼話的紀錄。那……她究竟說了什麼呢？她當時是想要對我說什麼？我明知這樣的行為只是徒勞，卻還是拚命想要想起來，搞得腦袋像抽筋一樣疼痛。我焦躁不安地抖動雙腿，緊咬下唇，可越是這樣，記憶就離我越遠，遙不可及。

我把書放回桌上，穿過閱覽室走出去。兩旁書架上排列的滿滿書籍，彷彿都在對走投無路的我投以好奇的目光；我行走在這些炙熱的目光當中，搔了搔後腦勺，心想：「會不會有其他記憶是像記憶碎片那樣，用不同方式被記錄下來的？」當我這樣下結論後，我的步伐幅度立刻加大，開始奔跑在書店裡那條漫長的走廊上。

直到此刻，我才真正能聽見書店的聲音。

書店大得不可言喻，也許用「廣袤無垠」來形容會更為合適。但我沒有迷路，因為書店正在為我引路。我不知道這條路通向哪裡，但也無須知道。

在那些間距寬得彷彿想要盡可能浪費空間的走廊之間，我瞥見一條感覺不會有人到訪的偏僻走道，整個人就像被什麼吸引似的，一腳踏了進去。那是一條非常狹窄陰暗的走道，肩膀兩側只留下約莫一掌寬的空隙。

我不知道前方會有什麼。如果是普通的空間，應該會有高聳的書櫃圍繞，但這裡就只是以牆壁構成的空間。

我走啊走，直到那條走道在盡頭出現。

「咦？那是……置物櫃？」

我最終停下腳步的地方，面前有個鐵製的置物櫃。宛如衣櫃的長形置物櫃，有著可以從中間往左右兩側雙開的門，鐵製的門把還有老式的轉盤密碼鎖，是一座非常老舊的置物櫃。所幸沒有生鏽，油漆狀態也良好，只不過，感覺一打開門就會發出像指甲刮黑板般尖銳刺耳的聲音。我將手放到冰涼的門把上，稍微猶豫了一下。但這東西出現在我面前，一定有它的理由。我別無選擇，於是握緊門把，把那扇緊閉的門打開。

唧——令人毛骨悚然的聲音傳來。儘管設有密碼鎖，櫃子並沒上鎖。我更加使力，把置物櫃門徹底敞開，這時，櫃子發出嘎啦嘎啦聲響，然後嘩啦啦吐出一張又一張紙。

「這是……什麼？」

面對出乎意料的情況，我一時驚訝，卻也立刻注意到這些灰色紙張的質地是再生紙，於是跪坐在地，有如花瓣般散落在深褐色木地板上的這些紙張，原來又是我的其他記憶。我撿起這些有別於其他書籍，以另一種形式記錄的記憶，開始閱讀了起來。

「一九九〇年，七月二十四日」

「：不是啦，你仔細看，那鼻梁根本是像我啊。

」：不對吧？整體看還是比較像我欸。

「：你皮膚這麼黑，我們寶寶皮膚很白欸？

」：只是膚色啦，眼型跟我一模一樣啊！以後長大一定會更像我。

這是什麼……？

這是我走進這間書店以來第一次看到的記錄方式。不是第一人稱的散文形式，而是像劇本。雖然沒有明確標示出說話者是誰，但從對話內容與日期來看，我馬上猜到應該是我出生一個月後爸媽的對話。

那麼，這些紀錄到底意味著什麼？我需要更確實的線索來幫助我理解，所以需要進行更多的資料調查。我把散落在地上的紙張聚集在一起，手握左側，然後用右手拇指快速翻動紙張，有如在翻閱一本未裝訂的書一樣。反覆幾次這樣的舉動後，我發現這些紙張全是對話形式的紀錄，日期則是打亂的，沒有按照順序。我繼續翻找，希望能找到一張具有關鍵線索的日期。

「哦……？找到了！」

自從我決定認真接納書店的存在開始，我便知道書店是站在我這邊的。它總會把我需要的東西遞給我。這次也一樣，現在亦是。雖然找得不容易，但那張我尋找的日期，就藏在混亂的時間堆中。

「二〇〇五年，五月二十二日」

「：智媛啊，睡著啦？這孩子竟然在車上睡著了？我該不會是把疲累的妳硬拖來了吧……但媽今天能和妳一起來真的很開心，如果是我一個人來，真的會很寂寞的。

就像初次發現的那些紙張一樣，在涵蓋著某人聲音的這些文字上，沒有標記姓名。但我依舊能猜想得到，標示著「符號對著睡著的我說話的人是媽媽，是剛才在我進行第二次時間旅行時，一起去幫外婆掃墓、一起吃熱呼呼湯麵的媽媽，那些話應該是在車上睡去準備回到現在時，媽媽對我說的話。

那聲音對我說：

「：媽媽懷妳的時候啊，工作很忙，所以不僅沒什麼胎教，也沒吃什麼好料，每天午餐都只有叫泡菜鍋來吃，但妳從來不挑嘴，每天都吃得很開心，是個很乖的寶寶，所以媽媽根本不知道什麼是孕吐，妳就這樣在媽媽肚子裡一天天長大。

智媛啊，我的女兒，媽媽不是因為妳才不能去工作，那是媽媽為自己做的選擇，媽媽只是很想成為一個好媽媽，所以才辭掉了工作。媽媽從來不後悔。如果時間可以倒轉回到當時，我還是會做一樣的選擇。

不可以哭，一哭，眼淚就會把紙上的字弄糊。但我還是哭了。我實在不想當一個懦弱的人，也很討厭哭得眼睛鼻子都又腫又痛，但我就是止不住眼淚。我怕眼淚滴到紙張，只好不斷用手背拭淚，結果因為手握拳，那張被我捏在掌心的紙也濕透、揉皺了，搞得一團亂。

我之所以決定展開時間旅行，是因為我想對媽媽做些什麼，以回報她生前給我的愛。但我越是穿越時間越是發現，原來媽媽的愛，根本不是我能回報的。究竟是怎麼辦到的？她怎麼能那樣無條件地愛我？沒得到任何好處只純粹付出？明明沒有人天生就有母愛，她卻僅僅因為「懷上我」、「生下我」，而做到無條件的犧牲。

我好想知道答案。我想理解媽媽。我不想再只是對她感到歉疚，而是想懷著感激活下去，不想要再想起媽媽就感到痛苦不堪了。

有什麼方法嗎……？

「哎呀，這些其實本來都是照年份、月份整理好綁成一疊一疊的，但有時候就是會有一兩個逃脫出來，很奇怪，明明也不是綁繩處的孔洞撕破，就一定會有某些記憶脫離群體，自由走動。看來還是得重新整理了。」

獨自沉思的寂靜空間，出現了一個小縫隙。我回頭一看，女子肩膀靠牆而站，她挑著眉，一臉百思不得其解的樣子，微微上揚的右邊嘴角也帶有一絲戲謔的笑意。

「這些紀錄是什麼呢？我自己怎麼想都想不透……這些記憶，我好像有，又好像沒有……」

我一邊拭去滿臉的淚水，一邊問她。女子踩著運動鞋的腳步聲走了過來，撿起我放在地上的那些記憶紙張，然後說道：

「這些啊，都是間接記憶喔。」

「間接……記憶？」

「對，間接記憶。就像妳剛才說的那樣，感覺好像有這些記憶，又好像沒有，這些記憶在妳腦中就是若有似無的存在。」

女子的話越聽越讓人困惑。我無法判斷是她刻意含糊其辭，還是我無法一下子就馬上理解，但她說的每一句話總像謎語，越是咀嚼，越是模糊難辨。我再次回頭望向敞開的置物櫃，打開櫃門後，我就一直忙著注意那些散落在地的紙張，導致根本沒注意到上方還有幾疊用黑繩綑好的紙堆。我反覆回想女子說的「間接記憶」這四個字。間接記憶，直譯的話就是「**間接產生的記憶**」，但那種記憶是如何生成的就不得而知了。

「我們在睡覺的時候，其實耳朵還是打開著的。」

「……」

「包括在媽媽肚子裡的胎兒時期也是。妳知道為什麼要胎教嗎？就是因為肚子裡的寶寶也聽得見、感覺得到，但那不算是親身經歷的事情，所以那種記憶就不會以妳的視角被記錄下來，而是像現在這樣以不同的方式保存，因此，才會叫做間接記憶。」

這下我總算明白了。媽媽和爸爸在我出生那年說的話，媽媽在我睡著之後悄悄告訴我的心聲，雖然我自己根本不記得，但這間書店卻——將它們記錄了下來。也就是說，我其實可以打開、閱讀那些我原本永遠不可能知道的記憶。我的心臟驟然跳動了起來。雖然不知道自己要找什麼，但有一種好像已經找到了某樣東西的感覺，內心澎湃不已。

「如果可以，能請妳把這些紙重新放回置物櫃裡嗎？這裡實在太窄了，光是一個人都站不太下，我沒辦法從妳旁邊走過去。」

身後傳來窸窸窣窣的聲音，我回過頭，看到她晃著手中那疊紙。我接過那堆被染成灰色的記憶紙，往後退了幾步，同時點頭回應女子。

「這次真的是最後一次了，我們等一下閱覽室見。」

「一九八九年，十月十五日」

「：如果只是因為懷孕就同意結婚的話，那當初也不會反對了。

女子說得沒錯，所謂「間接記憶」，是包括我出生前的事情也都有被記錄下來。

」：媽，他很認真，將來一定會成功的，我們真的會幸福過日子。

「：明明有那麼多好路可以走，為什麼妳偏要選一條滿是荊棘的路？

」：可是又沒走過，媽，妳怎麼知道這不是一條好路！

「：非得走過才知道嗎？妍希啊，如果是因為孩子，那就放棄孩子吧。

」：媽……，妳說這話，是真心的嗎？

「：如果妳現在不放棄孩子，那麼，總有一天，妳會不得不放棄、犧牲自己的人生！

為什麼偏偏要讓我看到這一頁呢。這是巧合嗎？還是命中注定？又或是……某人的惡作劇？這段對話寫在女人剛才交給我的那疊紙最上面一頁，

我原本已經將它們半推進置物櫃，現在又重新抽出來，一字一句緩緩讀了下去。這段記憶，是我出生以前，外婆和媽媽之間的對話。

」：媽，妳怎麼能……怎麼能說出這種話？

「：因為我是妳媽！正因為我是妳媽，才要說出這種殘忍的話想盡辦法拉住妳。

」：既然是媽媽，那就讓我一次吧，拜託妳了，好不好？我要結婚，我要生下這個孩子。

當我知道自己是父母當年未婚懷孕生下的孩子時，若要說自己曾經幻想過哪個情景，大概就是這種吧。我知道爸媽結婚時，外婆那邊非常反對，所以自然會想像過這樣的場景。但，曾經被我當作玩笑來想像的那些畫面，如今卻像不請自來的陌生訪客闖進了現實，變得再也笑不出來了。

我怔怔地看著這段對話，像時間停止了一般。那是媽媽不是「媽媽」的瞬間，只是誰家女兒的瞬間，在成為媽媽之前純粹只是單獨個體的瞬間。

就如同外婆對媽媽說的，如果一切根本沒有開始，會如何呢？如果媽媽在二十八歲那年選擇拿掉我，沒有跟爸爸結婚，會如何呢？我無法否認曾經無數次想過那些對誰都造成傷害的假設，包括我踏進這間書店、跟那名女子做交易的那一刻也是，我想過乾脆回到很久很久以前，告訴媽媽，她還有選擇其他人生的機會，但那終究不是我能做的事情，因為時間的法則，書店的規則，都不允許我這麼做。

我的心情複雜到不行，就像手裡握著一團打結的線，胸口又悶又亂。我本來是在找尋能理解媽媽的方法，結果反而掉進了一個更深的泥沼裡。我鬱鬱寡歡，彷彿用撲克牌一張張堆起來的城堡忽然間崩塌了一樣，我原本一點一滴累積起來的計畫整個瓦解，所有思緒被熱燙的嘆息融化，在四周攤成一片泥濘。我無力地將手上那疊紙推回置物櫃深處，然後把身體交給這個狹窄又黑暗的空間，直到眼睛的焦點消失為止。

「現在……我該做什麼……」

我就像個忘了要做什麼事的人，茫然地眨著失了焦的眼睛。模糊的視線裡，只有看見宛如搖曳燈火般朦朧的冰冷置物櫃門，看不見足以讓我想起身去追尋的記憶。我就像被拴著鐐銬般，抬起沉重的手，關上了櫃子的右側門。門板被我用幾乎快要暈倒的微弱力氣推上，卻發出了沉重的哐啷聲響，震動著我另一側的肩膀。就在那時，還沒來得及關上的左側櫃門內掉出了一疊紙張。

「一九八九年，十月十六日」

那疊紙是用粗糙的繩子將上端綑綁成一字形，第一頁還寫著一九八九年十月十六日的日期。那天正是媽媽和外婆因為反對婚事而吵架的隔天。

「：我媽要我把孩子拿掉，她說如果是因為孩子才結婚，那就更不能結。

寫在日期下方的對話，彷彿能清楚聽見媽媽的聲音。她似乎整晚都沒睡，滿臉倦容地嘆氣，她用乾冷的手摀住臉，強忍淚水。坐在她對面的人輕輕地撫摸著她沉重下垂的肩膀，那手掌溫暖寬大，和媽媽的手截然不同。

」：那畢竟是妳媽啊，就如同妳會擔心孩子一樣，妳的媽媽也一定是一樣的心情。

我聽見了爸爸的聲音，兩人的聲音都比我記憶中的還要年輕稚嫩，彼此都還不是家人，而只是互相牽掛的戀人。

「：你都不覺得委屈嗎？在我們家被那樣對待……

」：委屈啊。但我現在手上什麼都沒有，只能一步步證明給他們看了。

那張泛黃的再生紙上既沒有顏色，也沒有特殊圖樣，但奇妙的是，從字裡行間傳來的感情卻那麼深切真摯。這不是電影，也不是電視劇。眼前只有一行行黑色的文字，卻能在腦中想像那畫面、聽見他們的聲音。

這家書店讓我看見他們在成為爸爸與媽媽之前，他們曾經也是彼此深愛的女人與男人。

」：有人說生小孩、組家庭，都是需要很多犧牲的事情，今後我們的生活，會從「我」變成「我們」，從「我們」變成以「孩子」為重。

「：我知道，就像我媽說的，很多事情都會變，可能一切生活都會產生變化。但那不是犧牲，是我自己的選擇。是為了守護所愛之人的責任，對我的選擇負責，我相信，這會是我做過最勇敢也最幸福的決定。

在第一次時間旅行失敗、深陷「再也無法救回媽媽」的絕望時，那名女子說那是媽媽的選擇。在第二次旅行中，我第一次和媽媽深談，媽媽也說那是她自己的選擇。而此刻，擺在我眼前的這段記憶也同樣在說著，這是媽媽當初的選擇，不是犧牲，而是為了守護所愛之人，最勇敢也最幸福的決定。

我翻找那疊紙堆，卻找不到自己要找的記憶，只好再度打開剛才關上的置物櫃門。最後一次時間旅行，我只能選擇回到一個地方——親眼確認媽媽的選擇沒有錯。

「一九九〇年，六月二十日」

那是我出生的日子。

ㄱ：哎喲，這孩子怎麼一出生就這麼光滑又漂亮？一般不是都泡在羊水裡，紅通通、皺巴巴、醜醜的嗎？

溫暖的房間裡滿是笑聲。

ㄴ：太小了啦，我都不敢抱。這孩子幾公斤啊？

ㄷ：二．八公斤。

ㄴ：哎喲，雖然是女兒，但也太小隻了吧，太小了……

ㄱ：媽，妳也來抱抱孫女啊～這小傢伙可好動了。

這段對話雖然沒有標示名字，但我聽得出來那個房間裡有媽媽、阿姨們，還有總是擔心個性倔強的老么的外婆。

ㄹ：妳啊，也該生個像妳一樣的女兒，才知道我這當媽的辛苦。

ㄴ：哎呀，媽，才剛生完孩子，怎麼說這種話啊……

己：就是因為她太可愛啦～看這孩子，像極了妳，也該像妳一樣讓她媽媽操點心才對。不過這孩子未免也太乖了，剛出生竟然都不哭，安安靜靜的。

不管怎樣，把孩子養好就好。我看妳滿臉洋溢著幸福，這樣就足夠了。

外婆一邊這麼說，一邊把我放到了媽媽的懷裡。被白色柔軟布料緊緊包裹、動彈不得的一小團血肉，在媽媽的懷中張動著眼睛、鼻子和嘴巴，彷彿在證明自己很健康，頭好壯壯。

我開始奔跑，抱著一九九〇年六月的記憶。

這是為最後一次時間旅行所做的屬於我的選擇。

第三次旅行

「歡迎回來，我一直在等妳。」

回程總是比出發的路程來得快。閱覽室總是在我身邊，從未離得太遠。我朝坐在桌邊、伸著長腿的女子聲音轉過頭去，她維持著端莊的姿態，看著我面帶微笑。

我沒說話，只有默默地看著她手腕的內側。比起她嘴角的笑意，我反而注意到那件早已遺忘的物品忽然出現在面前。桌上擺著的，是裝著我人生所有時間的「生涯時鐘」。

「如果能用剩餘的時間重回到過去，智媛小姐，妳會做出什麼樣的選擇呢？」

我與女子以過去的時間與未來的時間進行了交易，這是我得以展開時間旅行的前提條件，也是我獲得普通人難以觸及的奇蹟所須付出的沉重代價。每當我如願回到過去一次，我的壽命就會相對應的減少。我並沒有忘記和她之間的約定，只是因為忙於追逐眼前的希望，導致一時忘了眼前這台能清楚確認剩餘壽命的時鐘還存在著。我將手中那疊紙放在離她稍有一段距離的地方，然後接受她投來的視線。她將放在身後的「生涯時鐘」推向前，好讓我看得更清楚一些。遠遠看去，那時鐘與最初相比，似乎沒有太大差別。

「就算是對此生毫無眷戀的人，旅行結束後也會下意識地想確認生涯時鐘是否有變化。但妳不是，妳不像那些精密計算著每一分每一秒的人，妳只專注在時間旅行本身。這表示妳過去被漫長的後悔與沉重的罪惡感糾纏太久，妳根本不在乎未來會變成什麼樣子，甚至連現在變成怎樣都無所謂。所以——」

「……」

「妳現在不好奇嗎？完成兩次時間旅行，即將踏上最後一次旅程的妳，不想知道自己還剩多少時間嗎？」

風，吹進了這個安靜的空間。明明四周無窗，四面皆牆，卻吹來一陣混合著草、泥土、紙張、樹木與水的氣息，清涼又爽快的風。奇怪的是，我認為這陣風的源頭，是來自女子那雙宛如大海般湛藍的眼睛。

「我想知道，我想知道自己還剩多少時間，因為最後一趟旅程，我好像會回到非常遙遠的過去。」

最終結果是什麼都沒有改變。我曾經那樣拚命，是為了從我懷抱的罪惡感中掙脫，想要挽回媽媽的性命。不論那段過程如何，不論那是否源自誰的選擇，我都沒能達成目標。可奇怪的是，我並不感到憤怒。初次踏入這間書店時，我的內心是空蕩的；第一次時間旅行失敗，知道再也沒有機會救回媽媽時，我曾怨恨過讓我走上這條路的那名女子，可是這一刻，不知為何，我卻無比平靜。

內心毫無波瀾，彷彿剛剛掠過耳畔的那陣風，施了什麼不可思議的魔法似的。

女人仍坐在桌邊，望著我。她慢悠悠地把雙臂抱在胸前，看不出任何情緒。

「奇怪啊，沒有變得想活下去嗎？至少我以為，妳已經不再想死了呢。」

「沒錯，我想活下去。我已經不再想死了。」

「不過，妳知道的吧，時間旅行，是建立在犧牲妳的壽命之上的。沒忘記這件事吧？」

「我知道。所以我才會想知道，我還剩多少壽命。是否足夠讓我完成最後一次旅行。」

女人鬆開緊緊交叉在胸前的手臂，從桌邊站直了身體。她輕輕推動放在桌上的生涯時鐘，將它緩緩推往我面前。時鐘悄無聲息地滑行，最後停在了我眼前。近距離看過去，那時鐘裡依舊映著那個美麗、不曾改變的世界。

我與女人之間的距離近得能聽見彼此的呼吸，我與她對視，她的雙眼像海一樣風平浪靜，沒有絲毫波動。她從我手中接過我帶來的那疊紙。

「智媛小姐，妳似乎已經明白了。」

「明白什麼？」

「眼睛所見，並非一切。」

最後，她確認了我即將前往的最後一段記憶的日期，語氣中帶著一點輕快的笑意。

「就如妳所猜想的，妳的壽命一分一秒都沒減少，還完整地留著。」

「……」

「當然啦，旅途中間的確是有些變化的，有過雷電交加的大雨，海面翻湧，天氣惡劣到幾乎要將整個水平線吞噬……但之後又陽光普照，回歸平靜，一切回到原點。」

「……」

「直到剛才妳還相信一切都沒變，對吧？但心底某處，是不是也隱約產生過一絲懷疑？覺得也許這樣也能算是一種改變？沒錯，第一次與第二次旅行之中，妳所見到的堅強母親，以及妳那好不容易重新拾起的『想活下去』的意志，這些正是創造了妳現在的這段時間。這樣的話，妳還要繼續旅行嗎？」

女子身穿的黑色夾克一塵不染，踩在木地板上的顯眼格子運動鞋，也潔淨無瑕。她保持著初見時那般從容不迫的姿態，從我身邊一步步漸行漸遠。等到她那彷彿量過尺寸般的規律步伐停下之際，我們之間，已經隔著一張長長的桌子，與一排排彷彿永遠不會倒塌的堅實書櫃，像城牆一樣圍繞著我們。

女子將手中那疊紙張放在桌上，那旁邊，是因為其他記憶而被我暫時擱置的老舊書籤。我看著她的背影，開口問道：

「所以我目前剩餘的時間，足夠讓我出發回到過去那個時間點嗎？」

女人面對我的提問轉過身來，回答：

「如果妳沒能得到妳所要的東西，那就再也回不來了。會在那裡永遠徹底消失，不留一點痕跡。」

若是第一次見面，我或許不會輕易相信她的話，甚至可能會覺得那只是危言聳聽。但現在，我不再感到恐懼，也不再退縮。她說的話，是真真切切可能會發生的現實，我也完全理解了她所指的意思。

我緩緩向她靠近。沿著她走過的路，一步步堅定前行。當我最終停下腳步時，我要回去的那個時間點，還有記錄那段時間的書籤，就已經在我手中了。

「不，我一定會回來的。因為我已經知道自己會得到什麼了。」

在那一九九〇年六月的無數個日子裡，我找到了二十日那天的紀錄，並將書籤插入其中。女人嘴角微微上揚，帶著一抹淡淡的微笑，接過了我的記憶。

隨即，她握住了門把，而我站在她面前，屏住呼吸，等待著門被打開的那一刻。

她說道：

「那麼，祝妳一路順風。」

時間旅人將以進行時間旅行時的自己存在於過去。

一九九〇年六月二十日，下午兩點，此生開始的瞬間。

我不再需要那只手錶了。在跨越時間之門前，我將指針調回整點，交還給女子。她似乎明白我的意思，點了點頭，把那只用靛藍色皮革製成的手錶握在手裡。就這樣，當我跨越最後的時間，一股溫暖的水流將我包圍。隨著四周越來越暗，我越能感覺到自己的身體逐漸變小。我閉上雙眼，把自己全然交付給這段被倒帶的時間。

最後一段旅程，是從一個極其狹窄的空間開始。對於有幽閉恐懼症，只要身處在密不透風的地方就會喘不過氣的我來說，這裡反而讓我感到安心與溫暖。包裹著我的空間逐漸收緊，試圖將我推向某處，但無所謂，我反而覺得這是理所當然的推動，大腦也本能地停止抵抗，把我帶向光線模糊的地方。就這樣，我正準備走出世界。

我就像在水裡游泳一整天後終於浮出水面的人一樣，冰冷的空氣黏附在濕漉漉的身體上。在得到釋放感的同時，無情的噪音也緊抓著我的頭部搖晃，那不是用耳朵能聽見的聲音。我還來不及感到暈眩，便硬是睜開了彷彿被糨糊黏住的眼皮。在無數次掙扎後，我終於睜開雙眼，一束如瀑布般傾瀉而下的強光刺入眼簾。在失去控制力、有如玻璃珠四處滾動的眼球裡，看見的是數不清幾個人在忙碌走動。被從子宮中取出的我，托浮在空中一段時間，才遞給了某個人。而我被放到了溫熱潮濕的懷抱當中，我曉得，那是媽媽的懷抱。

我的視野依舊模糊不清，卻映出了媽媽的臉龐。她曾說我出生時體型太小，所以分娩時一點也不辛苦，但我眼前的媽媽卻是全身虛脫、滿臉疲憊——凌亂的頭髮、結滿汗珠的額頭、無神的雙眼——證明著媽媽這段時間一定是歷經了千辛萬苦。

或許，我期待的是比這更明確的瞬間也不一定，不是像現在這樣什麼都聽不清楚、看不清楚，而是一出生就能看見與我四目相望的爸媽，看見他們清楚的臉龐。然而，即使我什麼也聽不見、看不清，依舊能感受到媽媽在說著「我愛妳」，以及比全世界任何人都還要開心。她的那份真心，如電流般湧現，如實地傳遞著，我完全可以感受得到。

我呱呱墜地，彷彿是在釋放累積多時的情緒，用盡全力地哭了出來。在這裡，沒有人會管我哭得多大聲，可以盡情哭喊，我就這樣趴躺在媽媽的懷裡，蠕動著小小身軀放聲大哭。隨著我的哭聲越大，越能感受到媽媽的臉逐漸靠近我。她用雙臂將我包圍，摟在懷中，然後在我的頭頂上溫柔輕吻。她的淚珠，滴落在我頭上尚未完全閉合的囟門，那滴眼淚滲進我的體內，向我低語：

「我的可愛寶貝，妳是我生命的全部。媽媽一定會讓妳幸福的。」

原本一團鮮紅的血肉，被徹底清洗乾淨，包裹在雪白的布巾中，把我緊緊束縛得一動也不能動，但這樣的空間反而使我感到安心。我的身體經過許多雙手的接力，最終被送出了分娩室。和媽媽一樣從小喪父、吃過無數苦頭的爸爸，向來都是處變不驚、從不大驚小怪，但是當我從分娩室被抱出來的那一刻，爸爸從分娩室前的塑膠椅上猛地站起身，我可以感受到他心中那股如海浪般的震撼與驚奇，在分娩室走廊上一波接著一波地翻湧而來。

我被護士抱在懷中，望著一臉不知所措的爸爸。爸爸用雙手抱頭，無聲地發出驚呼。我知道，從我出生那一刻起，爸爸就已經是個女兒傻瓜。連看電視劇都會感動落淚的爸爸，此刻雙眼就像是嵌入了星辰般閃閃發亮。

我明知道什麼也無法改變，卻還是穿越了一生的時間回來。最後這趟旅程中，我僅剩的時間將會如何流逝、度過，無從知曉，但我明白，我的選擇並沒有錯。我曾以為，媽媽所做的選擇是錯的，但我現在明白，媽媽在每一瞬間，都為自己、為家人做出了她所能做的最好選擇。

我靜靜地躺在床上，將身體交給流逝的時間。最後這段旅行，比任何時刻都流逝得緩慢。我躺在沒有任何裝飾的天花板下，回顧自己走過的時光——曾經多麼地迫切、多麼地手足無措、多麼地看不見希望，心中堆積了多少怒氣與怨恨，築起一道道難以摧毀的高牆。

初次展開時間旅行時，我以為我能獲得的只有「死亡」，認為這只是給我這沒有勇氣自我了斷的人，一個最好的尋死機會而已。結果不是。它讓我重新看見了健康的、堅強的媽媽，也使我重拾了活下去的意志，想要守住這個由媽媽用犧牲自己所保住的生命。而在我出生那一刻看見的爸媽幸福臉龐，我相信儘管過了無數個歲月，也會是永生難忘的記憶，成為往後人生促使我繼續活下去的理由。

我從這段旅行中，獲得了許多東西。

四周充斥著新生命的神聖氣息。那些露在白布外的嬰兒臉龐，各自哭笑、打哈欠、皺起眉頭。我彷彿也像重生般，吸吐著空氣。在這個溫度被精心設定過的溫馨空間裡，我感覺到睡意悄悄襲來，正當我還來不及進入淺眠時，就有人走近，將我輕輕抱起。我被熟練的雙手托住，暗自猜想著接下來即將展開的畫面。也許是這樣的：

「李妍希小姐，母嬰同室時間到了。」

也就是我讀過的那張灰色記憶紙頁裡的場景。被我所愛的那些人團團包圍，以溫暖的笑聲與親切的聲音，等待著剛誕生的我、滿心歡喜地迎接我，也是我所熟知的那段記憶正式產生的瞬間。

「哎喲，這孩子怎麼一出生就這麼光滑又漂亮？一般不是都泡在羊水裡，紅通通、皺巴巴、醜醜的嗎？」

「太小了啦，我都不敢抱。這孩子幾公斤啊？」

「二・八公斤。聽說很少有一出生就睜開眼的孩子，她好特別，還睜大眼睛看著我，然後『哇』地哭出來，好像知道我是她媽媽一樣。」

「哎喲，雖然是女兒，但也太小隻了吧，太小了……都說刺蝟也會覺得自己的小孩可愛，妳這根本已經是刺蝟媽媽上身了嘛～」

「媽，妳也來抱抱孫女啊～這小傢伙可好動了。」

嬌小的我，從大阿姨的懷裡被抱到小阿姨的懷裡，又從小阿姨的懷裡被遞到了外婆的懷中。媽媽倚靠著枕頭坐在床上，目光緊緊追隨著在她身邊被移來移去的我。外婆看著媽媽，說著像是責備卻又不至於討厭的話。但是躺在外婆懷裡的我，可以清楚看見，外婆看著媽媽的眼神，正是媽媽平日看我的眼神。

「不管怎樣，把孩子養好就好。我看妳滿臉洋溢著幸福，這樣就足夠了。」

「媽，謝謝妳……」

最後，我回到媽媽的懷抱。媽媽的眼淚滴在我的臉上，然後順著我的臉頰滑落，那份無法用言語承受的龐大情感排山倒海而來，我用我能做的最大幅度動作，向媽媽做出了問候。

嗨！媽媽。

媽媽，再見。

記憶書店

當一切結束回到現實時，我的身體倚靠在那棵參天大樹下。睜開眼睛的瞬間，撲鼻而來的是嫩葉青草的氣息，以及粗糙卻堅實的樹幹支撐著我的背與腰，這些像是在告訴我：這趟宛如夢境般的魔法旅程已經結束，是時候要回到原來的位置了。

我用全身去感受掌心與臀部所觸碰到的既濕潤又強韌的生命氣息，就像在悠長的週日下午小睡被打斷一樣，我懶洋洋地用力撐開眼皮，熟悉得不能再熟悉的高大書櫃映入眼簾，它們像是在對我說：「歡迎回來，我們一直在這裡等妳平安歸來，能這樣重新再次見到妳很開心。」並且對我面帶微笑。

有別於內心充滿著難以言喻的情緒，另一方面還是覺得有些空虛與落寞，讓我坐在樹下久久無法動彈。不知道此時此刻現在這個世界已經過了多久時間，但感覺就像是一瞬間，惋惜的情感在我周遭不停盤旋。

我緩緩眨眼，呆坐著看時間流逝。我不曉得擺脫那些包裹在身上的白布該稱之為「解放」還是「失去」，實在找不到答案，只能讓如潮水般襲來的無力感將我吞沒。一切真的結束了。面對自己再也無法見到媽媽的事實，讓我茫然若失到連眼淚都流不出來。

我倚著那棵不知何時開始存在於此的大樹，望著書櫃上一排排整齊排列的書籍。漫無目的、不帶任何情感隨意掃視的這些書籍，與我初來此地時看似沒有什麼差別，但又彷彿一切早已改變。

我像一顆洩了氣的氣球，好不容易撐起癱軟無力的身體，一股腦地向前走去。彎彎的書櫃將大樹環繞，就像一盆巨型盆栽一樣，而生涯時鐘就放在那排彎彎的書櫃裡，閃爍著金色柱狀光芒。我小心翼翼地伸出手，從手指之間碰觸到的是包覆著時鐘的冰冷玻璃。

如果把時鐘倒過來，時鐘裡的世界也會跟著顛倒嗎？天會變成地，海會變成天，形成一種怪異錯亂的世界嗎？突如其來的好奇心，使我毫不猶豫地付諸行動。

我將其反轉，下為上，上為下，轉動半圈，但時鐘裡的世界紋絲不動，仍維持著初始模樣，依舊難辨的晝夜、纖細玻璃腰身上方綿延的水平線、透明的天空、清澈的海水，還有宛如從四周靜謐的懸崖邊所眺望的那片美麗風景。

「合約結束後，生涯時鐘就不會再運轉了。」

「……」

「這也代表，我們的合約從此徹底結束。」

女子一如往常無聲無息地接近我，低聲說道。我將手中的生涯時鐘放回原位，轉頭看向站在我身後的她。女子挽起夾克袖子兩圈，而袖子下方手腕上，掛著一條垂落的銀色手環在閃閃發亮。

「歡迎回來。」

她笑了。令人難以捉摸的笑容，嘴唇上還染著溫暖紅潤的氣息。我用已經放鬆不少的心情對她說：「我不是說過，一定會回來的嗎。」她彷彿對我感到滿意似的望著我，然後慢慢走近我。從逐漸靠近的她身上，飄來了隱約淡淡的野花香。

「雖然我不是想急著把妳趕出書店，但這裡的東西，都是我為妳準備的禮物。回去時，記得將它們帶上。」

她把我夾在自己和書櫃之間，然後在我耳邊低語，她視線所指的，是書櫃裡形狀各異的四本書，與一張被對摺、靜靜躺在書縫間的紙。我看著她，笑了，這個曾讓我懷疑、不信，甚至憤怒，但最終帶給我安慰的女人。她遠離時，呼出的氣息輕拂過我的側頸，她留給我的，是那三次旅行中重新寫下的記憶，也是全新的記憶。

「真的該回去了，對吧？」

我詢問的聲音滿是不捨。不知怎的，我捨不得與她告別。她從書櫃取出那些記憶，遞給我，然後點點頭，並附上一句：「留在這裡是妳的自由，但妳有屬於妳該回去的世界，不是嗎？」

平凡到不能再平凡的離別時刻，卻讓人滿懷眷戀。我接過那些不算厚的書籍，與她相隔三步之遙，用眼神示意道別。如今，她的眼神有如風平浪靜的海面，不見一絲波動，只剩深沉的平靜。

我轉身背對那棵大樹，邁步前行。吱呀作響的舊木地板聲當中，夾雜著她的腳步聲。書店的路，去的時候總感覺很遠，回程時卻總覺得很短。正當那扇斑駁的古銅色拉門近在眼前時，伸手開門前，我最後一次回頭，望向她與書店。她就像初次見面時那樣，直直凝視著我。

「差點忘了說真正要說的話。」

「什麼？」

「謝謝妳……一切的一切。」

明知告別的時刻已經到來，卻依依不捨，就如同與媽媽的離別一樣，因為知道這是最後一次，所以才會放不下。女子默默走向我，將手輕放在我的肩上，然後用力一推，把我轉向門的方向。雖說那股推力沒有讓我感到失落難過是騙人的，但我知道，她正在用盡力氣向我送別，所以，我並沒有感到那麼悲傷。

我抱著她贈與的記憶，用力拉開大門。冷冽的冬風猛然襲來，將我帶回現實。瞬間，門「砰」的一聲關上，耳邊也傳來她溫柔的說話聲音。

「小心慢走，智媛小姐。」

當我踏出書店外時，凜冽的寒風如刀割，直接掠過我耳際。四周早已陷入一片黑暗。我疑惑著天空是否還在下雨，於是將臉探出鐵皮遮雨棚外，結果竟發現天空正在下著鵝毛大雪。

雪花如喚醒沉睡的冬眠般冰冷，掉落到我身上後，我縮回了身體，把書夾進腋下，再把手塞進口袋。

然後就在這時，「叮咚」一聲訊息通知音響起。我這下才想到遺忘許久的手機，從口袋深處將其掏出，點亮了螢幕。

泛著白光的螢幕上顯示著二〇二三年二月二十八日，上午十二點十分。我重新把原本夾在腋下的書拿在手上，逐一讀起女子交給我的記憶書籍上所標示的日期。

「二〇〇七年，二月二日」

「二〇〇五年，五月二十二日」

「一九九〇年，六月二十日」
「二〇二三年，二月二十七日」
「二〇二三年，二月二十八日」

曾因無數個失眠夜晚而忘記時間、忘記日期的我，推開書店大門重回外部世界的今天，竟剛好是媽媽的忌日。我這才意識到，原來挽回媽媽的死亡多久，我就待在書店裡有多久。一陣狂風引起了暴風雪。我用被無情寒流凍得僵硬的手，翻開了昨天的記憶。

為了躲避如不速之客般突如其來的冬雨，我匆忙躲進了一棟老舊建築，那裡有一間非常古老的舊書店。建築牆面上掛著『言　書店』的招牌，我像是被書店這兩個字深深吸引般推門而入，空無一人的書店讓我頓時精神恍惚。

這段被重新記錄下來的記憶，還清晰地留在我腦中，所以書頁上的文字彷彿隨時會消失般模糊不清。我闔上昨日的記憶，打開今日的篇章。隨手翻開的一頁，筆跡比昨日更加淡薄。

當我說出謝謝時，我感受到那名女子第一次出現動搖。但她沒有任何表現，只是默默走來，將我送出這個世界。她說：「小心慢走，智媛小姐。」正是她的聲音，給了我踏出書店的勇氣。

本來明明沒有感到悲傷，卻因為一些不知名的情感起伏，使眼前變得模糊不清。眼淚嘩啦嘩啦地掉落，而碰觸到淚水的書頁上的文字，彷彿早已約好一般，瞬間同時蒸發。我猛地轉身，確認那扇書店大門，但映入眼簾的，只有一面刷上灰色油漆的水泥牆。那扇門彷彿從來不曾存在一樣，原本掛著的缺字招牌也早已不見蹤影。

我攤開手中剩餘的所有書籍，不論內頁還是封面上標示的日期，都已被清除得一乾二淨。它們一下子從收錄著記憶的書變成了普通的紙堆，我看著這些紙堆莞爾。

沒錯。記憶這種東西，果然還是更適合待在記憶書店裡。

我將那個逃離一場突如其來暴風雨的自己，投身在這場暴風雪當中。雖然這次的經歷不會使我徹底痊癒，但至少，我有信心可以走得比現在更遠一點。

記憶書店所賦予我的，不是顛覆人生的奇蹟，而是一個讓我能活出更美好人生的彌足珍貴機會。

韓流精選 9

記憶書店

기억서점

記憶書店=기억서점/宋侑庭作；尹嘉玄譯. -- 初版. -- 臺北市：春天出版國際文化股份有限公司, 2025.09
面；公分. --（韓流精選；9）
譯自：기억서점
ISBN 978-626-7735-53-4(平裝)

862.57 114010103

版權所有・翻印必究
本書如有缺頁破損，敬請寄回更換，謝謝。
ISBN 978-626-7735-53-4
Printed in Taiwan

作　　者　宋侑庭
譯　　者　尹嘉玄
總 編 輯　莊宜勳
主　　編　鍾靈

出 版 者　春天出版國際文化股份有限公司
地　　址　台北市大安區忠孝東路四段303號4樓之1
電　　話　02-7733-4070
傳　　真　02-7733-4069
E－mail　frank.spring@msa.hinet.net
網　　址　http://www.bookspring.com.tw
部 落 格　http://blog.pixnet.net/bookspring
郵政帳號　19705538
戶　　名　春天出版國際文化股份有限公司
出版日期　二〇二五年九月初版

定　　價　310元

THE MEMORY BOOKSHOP
Copyright © 2024 by Song Yu-jeong
All rights reserved.

Complex Chinese Translation Copyright ©2025
Complex Chinese translation edition is published by arrangement with Dasan Books Co., Ltd. c/o Danny Hong Agency through The Grayhawk Agency.

總 經 銷　楨德圖書事業有限公司
地　　址　新北市新店區中興路二段196號8樓
電　　話　02-8919-3186
傳　　真　02-8914-5524
香港總代理　一代匯集
地　　址　九龍旺角塘尾道64號 龍駒企業大廈10 B&D室
電　　話　852-2783-8102
傳　　真　852-2396-0050